姫君は王子のフリをする

目次

姫君は王子のフリをする

プロローグ　王子と獣の攻防

「……んっ、ふ……ん……っ!!」

――暗い社長室に、甘い吐息が漏《も》れた。熱い舌が絡まる感触に、意識が飛びそうになる。手に力が入らないのは、身体に絡みつく熱のせい。

「……柔らかくて甘いな、お前の唇」

少しだけ唇が離れた瞬間、飢えた目で自分を見下ろしている、黒い獣が見えた。まるでギリシャ彫刻のようにくっきりとした顔立ちの彼。そのぎらぎらと光る瞳に、思わず身体がぶるりと震える。

「……っ、やめて下さいっ……」

「そうやって、嫌がる顔もそそられるんだが」

大きな手が熱くなった頬を撫でる。また身体がびくっと揺れた。

はあ、と大きな溜息が彼の口から漏《も》れた。

熱っぽい息が唇にかかる。目を見開いて硬直する『私』の瞳を、彼の瞳が真っ直ぐに射抜いた。

「お前のスーツを脱がして、俺の下に組み敷いて……」

彼が私の胸元を見る。とっくに外されたネクタイは、床に落ちていた。ぴしっと折り目が付いていたワイシャツは皺《しわ》くちゃになり、第二ボタンまで外れている。その合間から見えるのは——胸を覆《おお》うさらし。

「傍《はた》から見れば、俺がお前の兄を襲ってるみたいに見えるんだろうな」

その言葉に、かっと頬が熱くなる。

長かった髪を切ってさらしを胸に巻き、男物のスーツを着ている自分の姿は、双子の兄に本当によく似ていた。その私が、こうしてソファに押し倒されてるなんて。こんな場面を誰かに見られたら、確かに兄が襲われているように見えるだろう。

「……っ、桐谷《きりや》、さ……」

また唇を塞がれた。話しかけようと開いた唇の間を、強引に肉厚の舌が割って入る。

「んんっ……んあ、はあ、ん……」

舌と舌が絡まり、悪寒に似た感覚が背筋を走る。性急な舌の動きに、また私は翻弄《ほんろう》された。身体を抱き締める腕が熱くて、それだけで蕩《とろ》けそうになってしまう。

「名前呼べって、言っただろうが」

「ん、はぁ……、省《しょう》、吾《ご》さ……ん……」

息が切れてまともに話せない。なんとか掠《かす》れ声を絞り出すと、彼はにやりと笑った。

「広海《ひろみ》、いや——真琴《まこと》？」

彼の視線が、強く強く私に突き刺さってきた。胸が——痛い。

「このプロジェクトが終わったら——お前をもらう」

「っ⁉」

全身がかっと熱くなった。乱れたワイシャツの隙間から、彼の手が忍び込んでくる。すっとわき腹を撫でられ、思わず身を捩《よじ》った。

「やっ……！」

しっかりと巻かれたさらしの上に大きな手が置かれた。この手が直接肌に触れたら……そう思うだけで、口の中がからからになる。

「最後まで兄のフリをしたいという、お前の気持ちは尊重する。だが、こっちにも限度があるからな」

「省吾、さん」

でも、あなたは……忘れられない人がいるんでしょう？　その人のことを忘れられないから、私を……

「逃げるなよ、そんなことをしても無駄だからな」

胸が痛い。この人が私を欲しいと言うのは、きっとその人の身代わりだ。それでも、心のどこかで嬉しいと思う自分がいる。

「返事は？　真琴」

低くて甘い声に、ぞくりと背筋が震えた。

ああ、この人からは逃れられない。まるで見えない鎖で全身を縛られてるみたい。

「は……い……」

小さく呟《つぶや》いた私に、「いい子だ」と微笑み、彼はまた唇を重ねた。

一　王子と獣の邂逅《かいこう》

「……専務。そろそろお時間です」

秘書の森月聡美《もりつきさとみ》の声に、高階真琴《たかしなまこと》は顔を上げた。

「分かった」

山のように積まれた書類の確認を中断し、真琴はすっと立ち上がった。顔を横に向け、壁に掛かった鏡をチェックする。

そこに映っているのは、明るいグレーのスーツを着た、兄に瓜二《うりふた》つの姿。カットした明るいブラウンの髪が、ふわりと襟足《えりあし》に掛かっている。こちらも茶に近い瞳の色は、幼い頃亡くなった母と同じ。ドイツ人とのハーフだった母の血を、真琴達双子は色濃く引き継いでいた。

だが、いくら双子とはいえ女である自分が兄を演じ切ることなどできるのだろうか。

ふいに不安に襲われた真琴に、真っ直ぐな黒髪をきちんとまとめ、黒色のタイトスーツ姿の聡美が微笑んで言う。

「大丈夫ですよ。広海様と桐谷社長は、あまり親しくありませんでしたから。事故の影響で痩せたと言えば、気づかれることもないでしょう」

スーツの上着には肩パッド。胸にはさらしを巻いて厚みを出している。それだけで、元々スレンダーな体形の真琴は、見事に細身の男性に化けていた。

しかも真琴の身長は一七三センチ。女性にしては高い背丈にシークレットシューズまで履いているおかげで、一八〇センチ近くに見える。兄と比べると二センチほど低いが、一見して大差はないはずだ。

――アパレル会社、MHTカンパニー社長を乗せた車が事故を起こしたのは、二ケ月ほど前。

社長の高階真一《たかしなしんいち》と社長令嬢の真琴が全治半年の大怪我を負った。同乗しつつもただ一人大怪我を免《まぬが》れたのが、長男の広海。軽傷だった彼は専務兼社長代理として会社の舵《かじ》を取ることになった――というのが、表向きの事情。実際は、次期社長の広海の方が大怪我を負っていた。

『広海様まで現場を退《ひ》かれるとなると、我が社の評判は……！』

『特に今は、あのヴェルヴとの取引を控えた大事な時期、責任者がいないという状況を作るわけには参りません！』

『お願いいたします、真琴様！』

副社長を始めとする役員に頭を下げられた真琴は、不安ながらも兄の身代わりを引き受けた。

広海はここ数年、海外支店で活躍しており、日本の本社に彼個人を知る人は少ない。

真琴もまた、ＭＨＴカンパニー社には入社せず、市立図書館に司書として勤めていた。そのため真琴が会社に顔を出したことは今までなく、実際、二人が揃ったところを見たことがある人物は、自宅に来たことがある古参の役員ぐらいだ。一時的な入れ替わりなら、一般社員には気付かれないだろうと、二人をよく知る聡美も言っていた。

『実際のプロジェクトリーダーには、現場の人間を指名します。真琴様は、契約の締結やプロジェクトの進捗《しんちょく》状況報告といった、大きな打ち合わせにのみ出席して頂ければ……！』

『広海様が力を入れておられたプロジェクトを是非とも成功させたいのです！』

元々この「合同ブランドの立ち上げ」というプロジェクトの発案は父だったが、兄もそのために帰国し、並々ならぬ意欲を見せていたのを真琴は知っていた。だからこそ、このプロジェクトに兄の名を残す手伝いをしたい。広海が回復した時点でもう一度入れ替われば、それは可能になる。

（私では力不足かも知れないけれど、お兄様のためだもの）

広海本人は真琴が身代わりになることに最後まで反対していたが、広海が立てた計画に従うこと、状況を逐一《ちくいち》報告すること、何か問題があればすぐに身代わりを止めることを条件に、渋々ながら承諾した。もちろん、真琴の熱心な説得があったためだ。

真琴は大きく息を吐き、聡美に軽くうなずいた。

「そうだね」

掠《かす》れたハスキーな声には、未だに慣れない。真琴は無意識のうちに包帯の巻かれた首元に手を当てていた。

事故の時に喉を打ち、高い声が出せなくなってしまったことが、今役に立っているなんて。

何が幸いするか分からないものだわ、と真琴は思った。

「真琴様。この会合を乗り切れば、次の会議まで数日間ありますよ。一度図書館に行かれてはいかがです？　気にされていたでしょう？」

「聡美さん」

聡美には隠しごとができない。ややつり目のアーモンド形の瞳に全て見透《みす》かされてしまう。

さすがはあのお兄様の秘書兼恋人ね、と真琴は微笑んだ。

「ありがとう、聡美さん。この姿で少しだけ様子を見に行くわ」

現在、真琴は職場に怪我をして休養中と届け出ているので、兄の姿のまま覗《のぞ》きに行くしかなかった。突然休むことになったので、みんなに迷惑をかけているかもしれない。真琴が始めた毎週水曜日の絵本の読み聞かせも、ボランティアの人が引き継いでくれたと聞いてはいるが、ずっと気掛かりだった。

まことせんせい、と慕ってくれる子ども達の顔が目に浮かぶ。穏やかな館長、厳しくも優しい『市立図書館の母』である主任や、同僚達の顔も。

――また、聞きに来ます。

ふと、背の高い影が心を過《よぎ》った。真琴の声が好きだ、と言ってくれた男の人。

たびたび図書館に来ては、プレイルーム横に設置された椅子に座り、真琴の朗読を聞いていた。何となく気になっていたけれど、彼は図書館カードを作っていなかったから、名前も知らない。人目を惹く人だったが、最近見ないなと思っているうちに、今度は自分が図書館に行けなくなってしまった。

(復帰したら、また会えるかしら……)

真琴はふうと息を吐いて、表情を兄のものへと切り替えた。

「さあ、行こうか」

そう言って真琴はぴんと背筋を伸ばす。ここから先は、全て自分の腕にかかっている。自分が、兄のフリをできるかどうかに。

頭脳明晰《ずのうめいせき》でいつも冷静な兄に少しでも近付けるようにと、真琴は心の中で決意を新たにした。

(お兄様、お父様……私、頑張ります！)

真琴は聡美を伴い、エレベーターホールへと向かった。


今から会うのは重要な取引先である『ヴェルヴ』だ。

ヴェルヴはここ十年足らずの間に急成長したアパレルメーカーで、十代から二十代をメインターゲットとした人気ブランドを展開している。

——桐谷にお前を会わせたくない。くそっ、俺の身体さえ治っていれば、近づけさせやしないのにっ!!

ふと、兄の言葉が頭を過《よ》ぎる。広海が一番懸念していたのは、ヴェルヴの社長、桐谷省吾のことだった。

大学時代に起業したという桐谷は、やり手のビジネスマンだと評判らしい。だが、彼に関する情報は少なく、真琴が入れ替わりのための資料として見せられた写真も、顔がはっきりとは分からなかった。

『いいか、真琴。絶対、奴の口車に乗せられるな。二人きりにならないよう気をつけろ。手を出されそうになったら、遠慮なく大声出せ』

普段冷静な兄が、ここまで激しい敵対心を見せることは珍しい。真琴は首を捻《ひね》りながら言った。

『お兄様ったら……私、お兄様の格好してるのよ？　「男同士」で、何かあるわけないじゃない』

『その認識が甘い！　大体お前は、その年にしては社会を知らなすぎる。父さんが、世間の荒波に揉まれないよう、防波堤を張り巡らせていたから仕方ないかもしれないが』

『私、司書としてもう何年も働いてるのよ？　男性なら、あそこの職場にだっていたし……』

『あの男みたいな、獣が傍《そば》にいたわけではないだろうがっ！』

（……ケモノって）

真琴が目を丸くするのを見て、広海は重ねるように言った。

『あの男の女性関係は有名なんだぞ？　まあ、後腐《あとくさ》れない相手ばかりを選んでいるようだが。お前みたいな箱入り娘が一人でなんとかできる相手じゃない』

『だから私、その時はお兄様の姿になっているのよ？』

もう一度言っても、兄はぶすっとした表情のままだった。


（桐谷さん……どんな人なのかしら）

第一応接室に入ると、今回のプロジェクトリーダーを務める、商品企画部部長の荒木道靖《あらきみちやす》とデザイナーの遠藤祥子《えんどうしょうこ》がすでに着席していた。大ベテランの荒木とデザイナー歴二年目の祥子を起用したのは、もちろん広海だ。立ち上がろうとする二人を右手で制し、真琴は荒木の左横に座る。ブラウンの革張りのソファは、ちょうどよい硬さだった。荒木の右横に座る祥子はタイトスカートの皺《しわ》を手で伸ばし、聡美はガラステーブルの上に置かれた資料や契約書を確認している。ソファセットとホワイトボードが設置されたこの応接室は、木目張りの壁が落ち着いた雰囲気を醸《かも》し出していた。

「いよいよですね、専務」

荒木の声がどこか硬い。自分の父と変わらない年齢の荒木でも緊張するのか。

真琴は精一杯笑顔を見せた。

「この二ヶ月、至らない私を支えてくれてありがとう、荒木部長。今回も頼りにしてるよ。よろしく頼む」

「専務……！」

体格の良い荒木の目が潤《うる》んだのを見て、聡美はふふっと微笑んだ。

「さあ、本番はこれからですよ？　感動は後に取っておいて下さいな」

「そうだったね」

真琴は大きく息を吸った。準備は万端のはず。用意した契約書も資料も、すべて自ら目を通してチェックした。今日のメインイベントは契約書を交わすことだから、手が震えないよう、特に捺印《なついん》の練習は何度もした。

（大丈夫、皆が支えてくれているんだから）

ドア近くでリリリ……と内線電話の音が鳴った。さっと出た聡美はすぐに受話器を置き、真琴を振り返る。

「受付にヴェルヴ社長の桐谷様、秘書の夕月《ゆつき》様が来られたそうですわ。すぐこちらにお見えになります」

一瞬、部屋の中はぴりっとした空気になったが、荒木が真琴に力強くうなずいた。

「必ずやこのプロジェクトを成功させましょう、専務。社長のためにも」

まだ入院中の父の姿を思い浮かべ、真琴の胸が熱くなる。このプロジェクトを成功させれば、きっとお父様も喜んでくれるはず。

「ありがとう、荒木部長」

荒木が照れたように頭を掻《か》いた。祥子の顔には微笑みが浮かんでいる。その様子を見て、真琴も少しだけ肩の力を抜いた。

その時、ドアをノックする音が応接室に響いた。真琴達はさっと席を立ち、ドア近くに立って整列する。軽くうなずいた聡美がドアを内側に開けると、紺色の制服を着た受付嬢の姿が見えた。

「ヴェルヴ社長、桐谷様と、秘書の夕月様がお見えです」

頭を下げる受付嬢の横を抜け、最初に入室して来た男性を見て、真琴は思わず息を呑む。

（えっ……!?）

黒のスーツに濃い臙脂《えんじ》色のネクタイ。シークレットシューズを履いている真琴よりもさらに背が高い。軽くウェーブした黒髪に、獲物を狙うかのような鋭い眼差し。まるでギリシャ彫刻のごとく端整な顔立ちだが、線の細さは感じさせず、どちらかと言えば雄々《おお》しい印象を受ける顔だった。

（この人……！）

大きく目を見開いた真琴の前に立った男は、しばらく真琴を見つめた後、口元に笑みを浮かべた。

「ヴェルヴ社長、桐谷省吾です。正式なご挨拶は今回が初めてでしたね?」

低く甘い声に、真琴の膝から力が抜けそうになった。

『野生の獣』を彷彿《ほうふつ》とさせる危険な瞳で自分を見ているのは、ついさっき思い出していた——真琴の声が好きだと言ってくれた人物だった。

＊＊＊

「専務?」

聡美の声に、真琴は我に返った。なんとか兄の笑顔を思い出しながら、桐谷に会釈《えしゃく》する。

「よくいらして下さいました、桐谷社長。私がＭＨＴカンパニー専務の、高階広海です」

「こちらこそ、今日はよろしくお願いします」

名刺交換をしながら、真琴は必死に笑みを浮かべていた。

(しっかりしないと……!)

もし図書館でのことが会話に出ても、うっかり話に乗るわけにはいかない。あくまで兄として対応しなければ。真琴はごくりと唾を呑み込んだ。

彼の次に名刺を渡してきたのは、黒い鞄《かばん》を手にした、これまた背の高い銀縁眼鏡の男性だ。桐谷の第一秘書で、夕月誠《まこと》というらしい。

（漢字は違うけど、私と同じ名前なのね）

夕月は桐谷のような派手な顔立ちではないが、こちらも目鼻立ちの整った美形だった。理知的な雰囲気に抜け目なさそうな瞳。桐谷を支える敏腕《びんわん》秘書だと資料にあった。

ちなみに、図書館でも別の場所でも、夕月に会ったことはない。

聡美が二人を席に導く。桐谷の左隣に夕月、真正面に真琴が座り、真琴の両隣に荒木と祥子が着席する。聡美は真琴の斜め後ろで控えるように立っていた。

桐谷が真琴を真っすぐ射抜くほどの力強さで見た。どくんと真琴の心臓が鳴る。

「高階専務。お身体の調子はいかがですか？　まだ怪我が完治されていないと聞きましたが」

気遣うような声に、一瞬言葉が詰まったが、真琴は掠《かす》れた声で何とか答えた。

「まだ無理はできませんが、通常業務に支障はないと医者にも言われています。お気遣いありがとうございます」

じっと見つめる瞳に、いたたまれない気持ちになる。真琴の口元が強張ったのを見て、まだ何か言いたげな目をした桐谷に、夕月が声を掛けた。

「いい加減、高階専務を見つめるのはやめて頂けませんか。どう見ても不審者ですよ、社長」

すると桐谷が、むっとした表情になる。しかし、夕月は素知らぬ様子で、「まあ、お気になさらないで下さい。うちの社長は時々自分の世界に入り込んでしまうので」と真琴に告げる。

「夕月」

低い声で桐谷が言うと、夕月はにっこりと笑みを浮かべた。何故だかその笑みに、真琴の背中までぞくりとする。

「余計なことを申し上げました。どうぞお話を進めて頂きたく」

「は、い」

この場を仕切っているのが、桐谷ではなく夕月のように思える。真琴は内心首を傾《かし》げながらも、言葉を継いだ。

「――では、今回のプロジェクトについて、プロジェクトリーダーの荒木からご説明させて頂きます」

真琴が軽くうなずくと、荒木が資料を手に取った。

「それでは、お手元の資料をご覧下さい。何かご不明な点があれば、都度ご質問頂ければ幸いです。……今回のプロジェクトのキーワード、それは――」

淀みない説明が続く中、真琴は桐谷の視線をひしひしと感じていた。

(……何か、不審に思われた？)

資料に目を通しながらでも分かってしまう桐谷のそれが気になって仕方ない。彼の方に向けている手の甲がぴりぴりした。

(最後に会ったのは、もう何ヶ月も前のことだもの。冷静に、冷静に……)

怯《おび》えを見せてはいけない。私は高階広海なのだから――そう心の中で呟《つぶや》き、真琴は右手をそっと握り締めた。

「……内容については、理解しました。こちらの要望も入れて頂いている。これならいい結果が望めそうですね」

そう桐谷から言われた時、真琴は思わず大きく息を吐き出しそうになった。

「ありがとうございます。現在弊社《へいしゃ》が抱えるブランドのメインターゲットは、二十代後半から四十代の女性。どちらかといえば、シャープな印象のデザインが多いです」

真琴は話しながら、桐谷の目を真っ直ぐに見た。黒い黒い……うかつに覗《のぞ》き込めば溺れてしまいそうなほど、深い闇色の瞳。

「それに対し、御社は十代から二十代をメインターゲットとした若者向けのブランドを展開されています。今回力を合わせることで、互いに足りないものを補い合えるブランドを生み出すことができる、そう確信しています」

「私もそのご意見に賛成です。では、正式に契約を。夕月」

はい、と同意した夕月が鞄《かばん》から印鑑を取り出し、桐谷に手渡す。聡美も同じように横から印鑑を真琴に手渡し、朱肉をテーブルに置いた。

そのまま二人は、互いに社印を契約書に押した。これで正式にヴェルヴとのプロジェクトがスタートすることになる。

ほっと力を抜いた真琴の前に、すっと大きな手が現れた。見上げると、いつの間にか桐谷が立ち上がり、真琴に右手を差し出している。

真琴も立ち上がり、彼の手を握った――その瞬間。

(――!?)

びりっと電気が走ったような感覚。

筋ばった大きな手が真琴の手を力強く握りしめる。真琴は思わず桐谷の顔を見た。

(な……に……)

――そこに浮かぶのは、紛れもなく、肉食獣の笑み。真琴はひゅっと息を吸った。

「これからよろしくお願いしますよ？ ……高階専務」

その声に潜《ひそ》む何かに、全身の感覚が絡めとられそうになる。心臓の鼓動が痛い。

凍り付いたように固まってしまった真琴を再度救ってくれたのは、夕月だった。

「ほら、さっさと手を放してください、社長。帰社して検討すべきことが山積みですから」

じろりと横目で夕月を睨んだ後、桐谷はゆっくりと真琴の手を放した。まだ手に彼の温もりが残っているように思える。

「では、これで失礼いたします。次回お会いする機会を楽しみにしております」

そう言って微笑んだ桐谷に、真琴は必死の思いで強張った笑顔を返したのだった。

二　姫君と獣の出会い

「なかなか印象深い方達でしたね」

専務室に戻った真琴に、聡美が声を掛けた。

真琴はどさりと椅子に腰を下ろして、「ええ」と答える。ぐったりと伸びきった真琴に、聡美はすぐにコーヒーを入れ、机の上に置いてくれた。

「お疲れになったでしょう？　甘めにしておきましたよ」

「ありがとう、聡美さん」

ネクタイを少し緩《ゆる》めると、真琴は湯気の立ち昇るマグカップを手にした。香ばしいコーヒーの香り。温かな液体が、緊張して冷えた身体にゆっくりと沁《し》み込んでくる。

「はあ……」

真琴はマグカップを横に置き、机の上に突っ伏してしまった。

「聡美さん。……私、前に桐谷社長と会ったことがあるの……」

「えっ!?」

驚いたような聡美の声をバックに、真琴は半年ほど前のことを思い出していた。

＊＊＊

「――そうしてお姫様は、いつまでもいつまでも王子様と幸せに暮らしたのでした。おしまい」

図書館内に、わあっという子ども達の歓声が響く。真琴は絵本を閉じて、プレイコーナーに集まった彼らの顔を見渡した。

今日集まっているのは幼稚園の年中さんぐらいの子が多い。女の子の人数が多かったので、お姫様と王子様が出てくる絵本を朗読したのだが、どうやら正解だったようだ。

「ねえねえ、まことせんせい」

最前列で目を輝かせていた女の子が、立ち上がって真琴の傍《そば》に来た。真琴は「なあに？」と微笑みかける。

「どうしておひめさまは、おうじさまをえらんだの？」

真琴が目を瞬《またた》かせたのを見て、女の子はもう一度質問した。小さなポニーテールと赤いリボンがふるんと揺れる。

「おうじさまより、おおかみさんの方がかっこいいじゃない！」

「あー、さっちゃんはおおかみさんがいいんだー」

「わたし、おうじさまの方がいいー」

姫君をお城から攫《さら》って自分の巣穴へと連れ帰った森の狼。しくしく泣く姫君に、狼は森で採れる木の実や川で獲《と》った魚を持ってきたが、姫君は首を横に振るだけだった。

やがて姫君を探しに来た王子に、狼は追い払われてしまう。そして王子と姫君はいつまでも幸せに……というのが先ほどの内容だったのだが。

「だって、おおかみさんはおひめさまが大好きだったんでしょう？　だから、おひめさまをひとりじめしたくて、連れていったんでしょ？　そういうの、できあいっていうんだよ！」

「で、溺愛……さっちゃん、物知りなのね」

真琴が口籠《くちご》もると、ピンク色のワンピースを着た女の子が会話に割り込んできた。

「さっちゃん、おうじさまの方がいいって！　さいしゅーてきには、お金がある方がいいってママも言ってた！」

「み、みなみちゃん……」

あんまりな意見にうろたえつつも、真琴は「絵本の読み聞かせはこれで終わりね？　皆さんおうちの方のところに戻ってね」と声を掛けた。

「はーい」

あっという間に、子ども達が親のもとに戻っていく。ほっと息をついた真琴は、絵本と椅子をプレイルームの隅に片付けた。

「……あら？」

書庫の整理をしようと本棚が並ぶ閲覧《えつらん》エリアに近付いた真琴は、長机の前でぐったりと椅子の背にもたれる男性に気が付いた。

長い脚を投げ出し、今にもずり落ちてしまいそうな体勢だ。きっちりとした黒いスーツ姿が決まっているが、ネクタイは緩《ゆる》められていて、具合が悪そうに見えた。

「あの、大丈夫ですか？」

俯《うつむ》き気味だった男性の頭がゆっくりと上がり、ぼうっとした瞳が真琴を映した。どくんと真琴の心臓が鳴る。

――古代ギリシャの彫像みたい……

くっきりとした目鼻立ちが印象的な男だった。

ウェーブがかかった黒髪が、ぱらりと額《ひたい》に掛かっている。熱っぽい瞳に、やや上気した頬。少し唇が乾いているように見えた。男はしばらく真琴をじっと見つめていたが、やがてしわがれた声で呟《つぶや》いた。

「……大丈夫です、少し熱が出ただけですから。ここで休ませてもらえればすぐに治ります」

彼が自分で言う通り、はあと吐く息は熱っぽい。

真琴は「ちょっと待っていて下さいね」と声をかけ、事務所へと小走りに駆け出した。

「あった！」

事務所内の冷蔵庫から、冷却ジェルの袋を取り出し、再び男のもとへと急ぐ。その途中、廊下にある自動販売機でミネラルウォーターも買った。

「あの、これよろしかったら」

真琴は冷えたペットボトルの蓋《ふた》を開け、男に差し出した。一瞬目を見張った男は「……ありがとう」とペットボトルを受け取り、冷たい水をごくごくと一気に飲んだ。

「これも貼っておきますか？　冷たくて気持ちがいいですよ」

真琴が冷却ジェルのパックを見せると、男は小さくうなずいた。

「……ああ……お願いします」

「失礼しますね」

パックからひやりとしたジェルシートを取り出し、男の首の後ろに貼る。彼が気持ちよさそうに目を瞑《つむ》ったのを見て、真琴はふふっと笑った。

「小さなお子さんが興奮して熱を出すこともあるので、常備しているんです。子ども用ですから、長時間は持ちませんけれど」

「……いや、随分楽になりました。ありがとう」

男が居住まいを正して、傍《そば》に立つ真琴を見上げた。さっきとは違う強い視線に、真琴は戸惑いを隠せない。じろじろと頭のてっぺんからつま先まで見られている気がする。

「……あの？」

真琴が小首を傾《かし》げると、男は我に返ったような表情を浮かべた。

「ああ申し訳ない、あなたが姫君のように見えたので」

「え？」

真琴は目を瞬《また》かせた。

半袖の白いポロシャツに、紺色のジャージズボン姿の自分が姫君？　メイクも最低限ですっぴんに近く、髪だって後ろで一つに括《くく》っているだけなのに？

（……お兄様みたいなことを言うのね）

真琴に甘い双子の兄は、彼女のことをいつも「我が家のお姫様」だと言っていた。真琴がごく稀に出席するパーティーでも、広海は真琴の騎士《ナイト》だからと、ずっと付き添ってくれている。

正直言って恥ずかしいが、社交界慣れしていない真琴にとって広海のサポートはありがたかった。

「……あの」

男は少し言い淀んだが、一拍おいて言葉を継いだ。

「また朗読を聞きに来てもいいですか？　あなたの声がとても綺麗で。聞いていると、落ち着きました」

「え、は、はい」

真琴の頬がかあっと熱くなった。

異性から声が綺麗などと言われるのが初めてだった真琴は、何とか返事を返すので精一杯だった。

ううと声にならない声を上げる真琴を見て、男の口角が上がる。

ふと右手の腕時計を見た男は、すっと立ち上がった。かなり背が高い。真琴が見上げなければならないほど長身の男性は、図書館勤めの同僚にもいなかった。

「あの、もう少し休んでいた方が――」

真琴の言葉に、男は首を横に振った。

「約束がありますので。色々とありがとうございました。お礼はまた今度」

空になったペットボトルを右手に持ち、男は軽く会釈《えしゃく》してその場を去った。

真琴は彼の広い背中が図書室から出て行くのを、ただじっと見つめていた。


――その後、男は何度か図書館に現れた。子ども達が集まるプレイルームにこそ近寄らなかったが、そこから一番近い長机に座り、静かに真琴の朗読を聞く。

再会時、お礼をしたいと言われた真琴は、必要ないと断った。男の方も無理強いせず、あっさりと引いた。

それ以降、男は読み聞かせの時間に現れた。見つめられて最初は緊張していた真琴も、黙って聞いているだけの男の存在に少しずつ慣れ、『図書館の常連さん』として見るようになっていた。

それが、ある日を境にぷっつりと彼の訪れが途絶えてしまう。どうしたのだろうと気になっていたが、そうこうしているうちに、今度は真琴が図書館に行けなくなった。

またそのうち会えるかもとは思っていたが……まさか彼がヴェルヴの社長だったとは。

「それで、桐谷社長とはどんな話をされたのです？」

真琴は顔を上げ、机の傍《そば》に立つ聡美を見上げた。

「その、あまり個人的な話はしていないの。『今日はいい天気ですね』ぐらいの会話しか。だって、名前も知らなかったから」

桐谷はただ真琴の読み聞かせを聞いていただけで、それ以外にこれといった接触はなかった。

「読み聞かせの時間が始まるとふらっと現れて、終わったらすぐに帰られていたわ。多分会社を抜け出されてたのね」

その言葉に、聡美はじっと何かを考えているようだった。真琴が身代わりだとバレていないか心配しているのだろうか。

「でも、今の私はこの声だもの。多分気付かれてないと思うわ」

真琴はふうと溜息をつく。

胸の奥がちくりと痛む。

桐谷に『綺麗な声』と褒められたあの声は、もう二度と出せない。事故の時に喉元を強打した影響で、ソプラノだった真琴の声は、ハスキーボイスに変わってしまっていた。おかげであまり演技をしなくても兄の声を真似られるほどだ。

「とにかくご注意ください、真琴様。広海様も桐谷社長についてご心配されていましたから」

「ええ、分かっているわ……それと聡美さん。このこと、お兄様には黙っていてほしいの。あまり心配を掛けたくないから」

真琴と桐谷が知り合いであると広海が知れば、おそらく身代わりを止めろと言ってくるだろう。それは何としてでも避けたい。ようやくプロジェクトの発足まで漕《こ》ぎつけたところなのだから。

聡美はしばらく黙ったまま真琴を見ていたが、やがて溜息と共に、「分かりました。広海様にはこの件、ご報告いたしません」とうなずいた。

「ありがとう、聡美さん」

聡美に礼を言った後、真琴は少し冷めたコーヒーに口をつけた。

ぼろを出さないようにしなければ――そんなことを思いながら。

間章　獣の裏事情

黒のＢＭＷが滑《なめ》らかな動きでカーブを曲がる。省吾の繊細なハンドルさばきにも、愛車はスムーズに応えてくれた。

「……まったく、いい加減にしろよな。桐谷社長」

「何がだ？」

誠の声に、省吾は右隣をちらと見た。濃いグレーのスーツ姿の誠が、銀縁眼鏡をきらりと光らせる。

「……高階専務だよ。お前、穴が開くほど見つめてただろ。あれは不審がられるぞ？」

学生の頃からの悪友だけあって、二人きりの時の誠の言葉に、遠慮の二文字はなかった。

「久しぶりだからな……『あの顔』を見るのは」

はあ、と誠が溜息をつく。眼鏡を押さえる彼の仕草は、いつものように優雅だった。

「ったく、馬を警戒させたら、将を射止めることはできなくなるぞ。……まあ確かに、女と見紛《みまが》うほどの美形だったが」

——省吾は先ほど会った高階広海を思い出す。

二ヶ月前の事故でかなり衰弱したらしく、線が細い印象を受けた。怪我が完治しておらず、まだ包帯をしているため、暑くても人前でスーツの上着を脱ぐことはないというその姿も、噂通りだ。

すらっとした体形。柔らかな印象の明るめの髪。目鼻立ちの整った『彼女』にそっくりの彼。

「『彼女』はまだ、寝たきりなんだろ？」

「ああ、そのようだな」

先ほどもさりげなく妹のことを聞いてみたが、『まだベッドの上から起き上がるのがやっとの状態で、リハビリ中』だと辛そうな瞳で言われると、それ以上何も聞けなくなってしまった。

「まあ、時間はたっぷりある。その間に高階専務の方を懐柔《かいじゅう》すればいいだろ。なにせ、妹にベタ甘の兄だって評判だからな」

「……」

自分の顔を見た時の、広海の表情。一瞬とても驚いていたように見えた。さらに握手を交わした時の、あの手の感触は。

かつてパーティーで見た広海の姿を思い起こす。省吾の視線から妹を庇《かば》うように立ち、鋭い視線をこちらに投げてきた。確かに『彼女』と同じ顔をしているが、雰囲気はもっと鋭くて攻撃的だった。

（印象が違う……）

先ほどの会合で、澄んだ栗色の瞳に見つめられた時——思わずぞくり、と来た。まるで、『彼女』に見つめられたかのようだった。あの柔らかで優しい『彼女』に。

「『お姫様』に会えないからって、『王子様』に手を出すんじゃねーぞ」

誠の言葉に思考を遮《さえぎ》られる。

「王子？」

「高階専務のあだ名だよ。端整な顔立ちに立ち居振る舞いも優雅、ＭＨＴカンパニー社内には『王子』ファンが大勢いるって話だ」

省吾は眉を顰《ひそ》めた。確かに中世の王子の衣装を着せれば、似合いそうだが。

「お前と違って、品行方正らしいぜ？　浮いた話一つないらしいからな」

「余裕がないだけだろう。事故からまだ二ケ月しか経っていないんだからな」

大体、俺とは違うってどういう意味だ、と省吾が言うと、ふふんと鼻で笑われた。

「女タラシの異名を持つお前とは違うって意味だ。来るもの拒まず、だったからなお前」

「それは過去《まえ》の話だ」

「ま、確かに最近仕事一筋だっていうのは、認めてやるよ」

これも『お姫様』効果だな、と誠が笑った。

省吾は黙って前を向いていた。


自社製品のデザインも手がける省吾は、当時ひどいスランプに陥《おちい》っていた。

気晴らしにと専門書を読みに訪れた図書館。そこで子ども達に絵本を読んでいる彼女を見掛けた。

柔らかそうな栗色の髪に栗色の瞳。陶器のように白い滑《なめ》らかな肌。薄いピンク色の美味《うま》そうな唇。

そして――とても優しい声と微笑み。

彼女を見た途端、一気にイメージが降りて来た。それはまさに、『雷に打たれた』ような感覚。

かっと身体が熱くなり、思わず近くに置いてあった椅子に座り込んだ。

イマジネーションが湧く時にたびたび起こる、感覚の暴走だ。頭が勝手にフル回転し始め、色彩が次から次へと目まぐるしく浮かんでは消える。

この状態になると、知恵熱に似た症状が現れる。体温がどんどん上がってくるのを自覚した。

だが、集中して絵を描ける環境が整っていない今、ここでイメージを吐き出すわけにはいかない。

省吾は目を瞑《つむ》り、ぐったりと椅子の背に身を預けた。

――どのくらい時間が経ったのか。

「あの、大丈夫ですか？」

あの声だ。省吾が視線を向けると、さっき本を読んでいた女性がすぐ傍《そば》に立っていた。

（……姫、君……？）

柔らかくて温かい、それが第一印象だった。

白のポロシャツに紺のジャージズボンという姿なのに、どこか品の良さが滲《にじ》み出ている。

ひっつめにしている栗色の髪は、柔らかそうだ。抜けるように白い肌。ああ、ドレスを着せたら映《は》えるだろう。繊細なシフォン生地を重ねた薔薇《ばら》で飾った、艶《あで》やかなシルク生地のシンプルなドレス。ごてごてした飾りはいらない。ドレープメインのデザインで、透けるレースを重ね、生地の質感を表現。色は雪のような温かい白にして——……

ふと、彼女が心配そうに首を傾《かし》げるのが目に映った。イメージに溺れそうになっていた省吾は我に返り、何とか声を出した。

「……大丈夫です、少し熱が出ただけですから。ここで休ませてもらえればすぐに治ります」

体調が落ち着いたら会社に戻り、そこで全て吐き出せばいい。そうすればこの、体内で燃え盛るような熱も冷めるはず。

そんなことを思っているうちに、彼女は「ちょっと待っていて下さいね」と言って、小走りにその場を離れていった。

しばらくして戻ってきた彼女は、省吾にペットボトルを差し出した。受け取ったミネラルウォーターを省吾は一気に飲み干す。渇ききった喉に、冷たい水が沁《し》み込んでくる。

彼女に冷却ジェルを勧められ、首の後ろに貼ってもらった。ひんやりとした指が、心地よく肌に触れる。ミネラルウォーターと冷却ジェルのおかげで、随分と頭の熱は引いた気がする――身体の中の熱は、一向に静まる気配がなかったが。

省吾があの柔らかな声を褒めると、彼女は頬を赤く染めた。恥じらうその表情に、どくんと心臓がひときわ強く跳ねる。瞬間、腹の底から湧き上がって来たのは、理屈など何もない激情だった。

――俺の、ものだ――

それは、今まで付き合った女性達にも感じたことのない感情。

この笑顔を他の男に見せたくない。このまま連れ去りたい。自分だけのものにしたい。

どちらかと言えば、女性から迫られる側だった省吾にとって、会ったばかりの女性にここまでの執着を覚えるのは初めてだった。彼女を見ているだけで、イメージの海に溺れそうになる。そんなことは、今までなかった。

省吾は彼女をじっと見つめた。首から下げている名札に印字された名前をさりげなく読み取る。

(高階、真琴……?)

聞いたことのある名だ。それもつい最近。一体どこで?

(戻ったら調べてみるか)

ふと腕時計を見ると、社に戻る時間になっていた。この後は取引先との打ち合わせがある。

省吾は立ち上がり、彼女——真琴に礼を言い、後ろ髪を引かれる思いで図書館を後にした。

そしてヴェルヴ社に戻り、誠に確認したところ、提携を検討している候補社の一つ、MHTカンパニー社の社長令嬢の名前が、彼女と同じであると判明したのだった。


——煌《きら》めくシャンデリアの光。軽やかに流れる音楽。華やかなドレスを身に纏《まと》った女性達に、歓談する男性達。

経済界の大御所が主催するパーティーには、一流企業の社長や有名女優など、テレビで見かける顔も大勢参加していた。省吾がこういった社交の場に出るのは、久しぶりのことだ。

「駆け出しの頃、伝手《つて》を頼ってあちらこちらに潜《もぐ》り込んでいたのを思い出すな」

「ああ」

省吾はパーティー会場に視線を走らせた。黒のタキシード姿の二人に、会場の女性達から熱い視線が飛んでいたが、省吾本人はまったく気が付かない。

「今日は提携候補の社長も何名か出席している。挨拶だけでも交わしておいた方が……おい」

軽く二の腕を小突かれた省吾は、「何だ？」と誠を苛立たしげに見た。

「お前、まったく聞いてないだろ。何に気を取られてるんだ？」

「別に——」

と言い掛けた省吾の目に、一組のカップルの姿が飛び込んできた。思わず息を呑む。

遠目にも背の高いカップルだった。女性が身に纏《まと》っているのは、シンプルなパステルグリーンのドレスだ。身体の線を露《あら》わにしたノースリーブの身ごろに、ドレープが綺麗に入った、背面の長いスカート。その裾《すそ》がフリルのように揺れている。

すっと伸びた白い首に、高く結い上げた栗色の髪。涙型のエメラルドが、耳元で光を反射していた。傍《かたわ》らのタキシード姿の男性に微笑みかけている、あの女性は、あの時の。

――彼女だ。

熱い何かが腹の底から湧き上がってくる。

化粧っ気のない素顔も美しかったが、ドレスアップした今の彼女は、まさに『お姫様』だった。低めのヒールを履いた足の立ち位置も、パールがちりばめられたクラッチバッグを持つ手も見とれるほど綺麗で、品の良さを感じさせた。

「省吾？　あれは確か……ＭＨＴカンパニーの高階専務の」

視線を追った誠が顔をじろじろと見てきたが、省吾はまったく意に介さない。思わずそちらに歩き出そうとした瞬間、それまで横を向いていた男性が省吾の視線を捉えた。

彼女と同色の栗色の髪に栗色の瞳。そして、同じ顔――だが、その表情は、彼女とはまったく別人だった。省吾を真っすぐに見据えた男は、口元をやや強張らせた。

省吾と男の視線が交わる。相手を切り裂かんばかりの鋭い視線にも、省吾は目を逸らさなかった。

男との対峙はほんの数秒だったが、どうやら彼は省吾を要注意人物だと認定したらしい。省吾の視線を遮《さえぎ》るように身体を動かし、彼女の二の腕を掴《つか》んでさっさと会場を出て行ってしまった。

省吾がぐっと拳《こぶし》を脇で握り締めると、誠がはあと深い溜息をついた。

「お前、かなり警戒させたんじゃないか？　彼は高階広海――MHTカンパニー社の次期社長だぞ。睨まれてどうする」

「あの男が一番の障害だな」

省吾のセリフに、誠が眼鏡の奥の瞳をすっと細める。

「お前が長いスランプから抜け出せたのは、さっきの『お姫様』のおかげか。今までのデザインとは傾向が違うと思ったが、彼女に合わせたものだというなら納得だ。確かにイメージに合っている」

図書館から戻った省吾は、部屋に閉じこもってデザインを描きに描きまくっていた。

長らく新作を生み出せていなかった省吾の急変に、誠もデザイン部の部長である神谷《かみや》瞳《ひとみ》も目を丸くしたものだ。大学時代からの友人である二人の目は誤魔化せない。

省吾は「ああ、彼女だ」と素直に認めた。

「ったく、よりによって騎士《ナイト》に守られた姫君に惚れるとは、厄介な」

誠は眼鏡を右手で押し上げ、省吾に言った。

「確認するが、MHTカンパニー社との話は進めていいんだな、省吾？」

「ああ、そのつもりだ」

誠はしばらく黙ったまま考え込んでいたが、やがてにやりと口の端を上げた。

「その方が面白くなりそうだな。分かった、契約に関しては俺がやる。お前はあちらに専念しろ。やっと見つかった女神《ミューズ》なんだろ、彼女」

今も身体の奥で燻《くすぶ》り続けている炎。こんな感覚は本当に久しぶりだ。純粋にイメージに没頭していた、かつての自分を思い出す。社長業をこなすようになってから少しずつ忘れてしまった何かを、彼女は思い出させてくれた。

「必ず成功する、いや成功させる」

省吾の言葉に、誠も力強くうなずいた。そして二人は、会場の中央で歓談している高階社長のもとへと足を運んだのだった。


——高階社長に提携を持ち掛けたところ、相手も大いに乗り気になった。しばらくして、一人で会場に戻ってきた広海の方は、先ほどの件でこちらを相当警戒しているらしく、プライベートで打ち解ける気はないといった態度だったが。そんな彼も、このプロジェクト自体には可能性を感じる、帰国して自分が手掛けると宣言してくれた。

そうして着々と準備を進めていた時に起きた、あの事故。

彼女が怪我をしたと知った時、省吾の中の炎は凍り付いてしまった。再びまったくイメージが湧かなくなってしまった省吾に、周囲はかなり焦っていたが、これればかりはどうしようもない。

真琴にとって省吾は、『図書館の常連の一人』に過ぎず、彼女が面会謝絶の状態では、押しかけるわけにもいかなかった。

事情があり図書館に行けなくなってしまった矢先の事故。命に別状はないと聞いているものの、真琴に会えないまま過ぎる時間に焦る。だから、ＭＨＴカンパニーから、中断していたプロジェクトを再開し、正式に契約すると連絡があった時には、ようやくかと安堵の溜息をついた。

プロジェクトはもちろんだが、彼女の様子も聞きたい。怪我の具合や経過を知りたい。そう思いながら、本日ＭＨＴカンパニー社へ向かった……のだが。

現れた『高階広海』の雰囲気は、以前の彼とはまったく違っていた。

あの攻撃的な態度も敵対心もない。省吾に対する態度は、やや緊張していたことを除けば、ごく一般的なものだった。

（それにあの表情……あの手の感触……）

再び自分の奥に灯った炎。今なら、社に戻ってからいくらでもデザインを描けそうな気がする。

『彼女』に会った時と同じ感覚を、何故『彼』に？

（……）

胸に違和感を抱きつつも、省吾はヴェルヴ社に向かって車を走らせたのだった。

三　王子、ヴェルヴを訪問する

――一度我が社においで頂けませんか？

秘書の夕月から連絡があったのは、契約の会合から数日後のことだった。

「実は我が社のデザイナーのホープ、SHOW《ショウ》は社外に出ることがないのですよ」

ショウの名は、真琴も知っている。ヴェルヴお抱えの専属デザイナーで、いくつもブランドを抱えているにもかかわらず、まったく表に姿を見せないことでも有名だった。

「本来でしたら、こちらが赴《おもむ》いて今後の方針についての打ち合わせをしなくてはならないのですが」

はあ、と夕月が電話口で溜息をつく。

「ショウは社内でなければ、実力を発揮できない性格でして。ご足労頂くことになり、大変申し訳ございません」

「いえ、それでしたら喜んでお伺いさせて頂きます。できればヴェルヴ社内の見学もさせて頂けると、ありがたいのですが」

どうせなら、と真琴は言った。

「もちろん、歓迎いたします。どうぞ我が社をご覧になって頂きたい」

さっそく、真琴に聡美、そして祥子の三人で、翌日ヴェルヴを訪問することが決まったのだった。


「ここがヴェルヴの本社……」

写真ではこの活気を撮影することができないだろう——真琴は目の前にそびえ立つガラス張りのビルを見上げ、そう思った。

ヴェルヴ本社は、ＭＨＴカンパニー社から車で三十分ほど離れたビジネス街の一角にある。

元々埋立地だったこの場所には、創立十年以内の会社が多いため、社員も若いらしい。

青空が映り込むほどの全面ガラス張りのビルが多く、近くには緑の木々に囲まれた石畳の広場があり、そこのベンチで軽食をとっている人もいる。

一階ロビー横に広がるオープンテラスに目をやると、首に社員証を掛けた人が何人も、モーニングコーヒーを楽しんでいた。スーツを着ている社員もいれば、ジーンズに長袖シャツ、といった社員まで。アパレルメーカーだけあって、服装や髪型の規定も自由なようだ。この場ではグレーのスーツを着た真琴の方が珍しく見える。

社員層は二十代が多そうだ。

「かなり開放的な雰囲気ですね」

聡美はいつもと同じ、紺のタイトスカート姿だ。敏腕《びんわん》秘書に相応《ふさわ》しい格好だが、ここでは浮いてしまいそうな気配がする。

自由と個性、それがこの会社《ヴェルヴ》の特徴なのだろう。

「若者をターゲットに急成長を遂げた会社だけありますね、専務」

大きな鞄《かばん》を左肩から下げた祥子も、活気に圧倒されたかのように呟《つぶや》いた。

(本当に、若い会社なんだわ……)

MHTカンパニー社は老舗《しにせ》だけあり、成熟した雰囲気の会社だ。粗削《あらけず》りだが弾けるようなエネルギーが溢《あふ》れているこの会社とは対照的と言えるかもしれない。

「専務、あちらに」

「……あ」

聡美の視線を追いかける。少し離れたオープンテラスのテーブルに、若いスタッフと意見交換している荒木部長の姿があった。

背広の上着を脱ぎ、ワイシャツの袖も捲《まく》り上げて、拳《こぶし》を振るうように熱弁している。あんなに熱く語っている荒木を見たことがなかった真琴は、思わず目を丸くした。

「専務!?」

真琴の姿を捉えた荒木が、周りのスタッフに断りを入れて、こちらに歩いて来た。つられて周囲の視線が真琴に集まってくる。

荒木はすでにヴェルヴ本社に出向いており、プロジェクトの立ち上げや運営方針について、先方と詳細をまとめているところだった。そういえば真琴が訪問を告げた時、「是非専務にもこの雰囲気を味わって頂きたい」と言っていたような気がする。

（ヴェルヴの社員から、今回のプロジェクトにかかわる人材を選びたいって言っていたけれど）

「随分と熱が入っていたようだね？　荒木部長」

真琴がそう言うと、荒木が照れたように鼻の頭を掻《か》いた。

「いや、昔を思い出しましてね……あんな無茶やった時代があったなあ、と」

「ものすごく生き生きされてませんでした、部長？」

祥子が茶目っ気たっぷりに言うと、いやあ参ったな、と荒木がまた笑った。

「なかなか良い人材が揃っています。立場に関係なく自由に意見を言える風通しの良い社風が、若手を育てているのでしょうね」

荒木の表情が、取引先の値踏みをするそれになった。様々な案件の照査を行う企画部部長の目は、鋭く現状を解析する。広海もそんな彼の手腕を信頼していた。

「ですが、まだまだ成長途中の会社らしく、企画運営の経験とノウハウは我が社の方が上ですね」

「そうか。提供するなら、その辺りかな」

こちらが有するノウハウを共有すれば、ヴェルヴ側の人材育成にも繋がるだろう。代わりに、ヴェルヴの若さが持つ活気と新たな視点をこちらに取り込めば、双方にとって良い関係が築けるに違いない。

真琴が考えを巡らせていると、次第に周囲が騒がしくなってきた。女性社員のきゃあきゃあ叫ぶ声が漏《も》れ聞こえてくる。

「専務。そろそろ中に入った方が良さそうですよ？」

「え？」

荒木の声にきょとんとした真琴を尻目に、聡美と祥子がさっと周りを見た後、目を合わせてうなずいた。

「御自覚ないんですね、専務。森月さんの御苦労が分かります……」

「ええ、もう大変ですよ？　これだけの容姿にもかかわらず、まるで無頓着ですから」

……何故だろう。ものすごく『残念な子』扱いされてる気がするけれど……

首を傾《かし》げる真琴に、聡美が笑いながら言った。

「さあ、参りましょう。忙しいデザイナーさんを待たせるわけにはいきませんから」

「ああ」

四人は中央入り口のガラスの自動扉をくぐる。その後ろ姿を、何人もの女子社員が熱っぽい瞳で追っていることなど、当の真琴はまったく気が付いていなかった。


「こちらがデザイン部でございます」

受付嬢に案内された所は、ヴェルヴの地下二階だった。高い天井に白い壁。地下にもかかわらず、明るくて開放的な雰囲気のする場所だ。

エレベーターを降りると、インターフォンの付いた白い扉があった。そこに掲げてある黒のプレートには、金字で『デザイン部』と記されている。

荒木がドアの横にあるインターフォンを押した。

『はいデザイン部……荒木さん⁉　もしかして、高階専務が来られましたか？』

「はい。秘書の森月、デザイナーの遠藤も一緒です」

『すぐ開けますので、お待ち下さい』

インターフォンがカチッと切れる。

「デザインは企業機密ですからね。セキュリティカードを保持していない社員は自由に入れないのですよ」

外から室内に入る場合は、インターフォン下にあるパネルにカードをかざすらしい。

荒木がそう説明し終わったところで、ドアが中から開いた。

「お待たせいたしました、どうぞお入り下さい」

首からカード入りのストラップを下げた女性が、真琴達を見てにっこりと笑った。

一歩足を踏み入れた真琴達を待っていたのは——戦場、だった。

「ちょっと！　このジャケットの襟、色番違うわよ！　もう一つ淡い色って言ったでしょう!?」

「レースの種類はこれでOKですか、神谷さんっ」

「幅が狭いわね……あと五ミリ広いのに変更！」

「はいっ」

「こっちのデザインの型紙、できましたっ！」

「じゃあ、すぐ試作に取り掛かって！」

デザイン部内は、喧騒《けんそう》に包まれていた。

広い部屋は倉庫のように、布やリボン、釦《ボタン》といった素材の入った箱が山と積まれており、ずらりと並んだミシンからは、騒々しい音が響いている。

机の上で型紙を作成する男性にパソコンを操作する女性など、作業している面々はみな真剣な表情をしていた。壁は一面本棚で、ファイリングされた資料がずらりと並べられている。

その中心にいるのは、艶《あで》やかなカールをなびかせた、ぱっと人目を惹く女性。豊満な身体のラインがはっきりと分かる、黒いパンツスーツ姿の彼女は、きびきびと周囲に指示を出していた。

「神谷さん、ＭＨＴカンパニー社の高階専務がお見えになりましたよ？」

ドアを開けてくれた女性が声をかけると、ぱっと彼女は真琴の方を見た。

「……まあああああああっ!!」

女性の表情が、眩《まぶ》しいぐらいに輝いた。

そして真琴の傍《そば》に駆け寄り、うっとりとした目つきで見上げる。

「ようこそおいで下さいました。私、ヴェルヴのデザイン部部長を務めております、神谷瞳と申します」

「初めまして。ＭＨＴカンパニーの高階広海です」

互いに名刺を交換する。名刺入れに仕舞いこんだそれからは、ほんのりと薔薇《ばら》の香りがした。

「お会いできて本当にうれしく思います、高階専務。ところで、ものは相談なのですが、モデルをされるおつもりは？」

「は⁉」

突然の神谷の申し出に、真琴は目を丸くした。

「し、しかし、ヴェルヴのブランドは十代から二十代の女性をターゲットにした、ふわかわイメージの商品で、男性物は……」

ふふふと神谷が妖艶《ようえん》に微笑んだ。真っ赤なルージュが華やかな印象の彼女によく似合っている。

「ええ、今まではショウを中心として、少女テイストのブランドを展開してきましたけれど」

にっこりと微笑む神谷を見た真琴は、『エサを前にした肉食獣』を思わず連想した。

（桐谷さんといい、神谷さんといい……ヴェルヴって肉食系が多い会社なのかしら⁉）

「申し訳ございませんが、神谷さん？」

聡美がついっと真琴の横に立ち、こほんと咳払いをした。

「高階と遠藤はデザインの打ち合わせを控えておりまして、時間がございません。そのお話は、また後ほどにして頂けますか？」

「まあ、これは失礼いたしました。秘書の森月さんとおっしゃったかしら？」

「はい」

二人の間にバチッと火花が散った気がした。

真琴はタイプの違う美女二人が、口元だけで微笑みながら睨みあうのを呆然と見つめる。

「ふふ……なかなか手ごたえのある人材が揃っておりますのね、御社には。さすがは老舗《しにせ》ですわ」

「まあ、神谷さんこそ有名ですよ？　ショウをはじめ、御社のデザイナーを一手にまとめ上げる、凄腕《すごうで》のコーディネーターだと」

周囲が凍り付きそうな冷たい微笑みを交わす二人に、真琴は恐る恐る声をかけた。

「神谷さん。時間がないのもそうですが、私はまだ事故の傷が完治していません」

「専務!?」

聡美を制して、真琴は神谷に話し続けた。

「まだ包帯をしている関係上、肌が見える服は着られないのです。森月はそれを知っているので、私を庇《かば》ってくれておりまして」

神谷の表情から、攻撃的な色が消えた。

「それは……知らぬこととはいえ、失礼を申し上げました」

「いえ、お気になさらないで下さい」

すっと頭を下げた神谷に、真琴は微笑みかける。

やがて頭を上げた神谷だったが、その瞳には、先ほどと違う色が宿っていた。

「ですが、モデルの件は考えて頂けないでしょうか。今度の新作は肌が見える服装ではありませんので、ご安心下さい。高階専務はまさにぴったりなのです……ショウの描いたデザインに」

「「ショウ!?」」

荒木と祥子が同時に声を上げた。

「今まで女性向けデザインしかしてこなかったショウが、男性物を……」と祥子が呟《つぶや》いた。

「どうぞ、本人から話を聞いて頂けますか？　……ショウは奥の小部屋でデザイン中ですので」

神谷が示した広い空間の奥には、セキュリティカードで開けるタイプの扉があった。机や人を避けながら、神谷が奥の部屋へと案内する。

白い壁に囲まれたスペースは、見たところ広い会議室ぐらいの大きさがあるようだ。扉以外は窓一つなく、完全に周囲から独立した空間となっている。

設置されたインターフォンを神谷が押そうとした瞬間、ドアが外側に開き、不機嫌そうな声が響いた。

「おい瞳、このデザイン画……っ!?」

真琴は目を見開いた。中から出てきたのは、よれよれのシャツにぼさぼさ頭、少し無精ひげの生えた……

「……桐谷社長!?」

「な、んで、ここにっ……!?」

桐谷も、真琴を見て絶句した。

彼と同じく絶句している面々を見ながら、神谷はにんまりとチェシャ猫のような笑みを浮かべた。

(まさか、ショウって……!!)

真琴は呆然と桐谷を見上げていた。桐谷も動揺しているように見える。

「……あの、イチゴとレースをモチーフにした、女子高生に大人気の『Berry＊Kiss《ベリー・キス》』も……?」

祥子の声が裏返っていた。

『Berry＊Kiss』は、ピンク色を主体とした、ポップで可愛い作風が女子高生に大人気のブランドだ。

「ええ！　我が社が誇るデザイナー、ショウの作品ですわ！」

心なしか、神谷の声はうきうきしているように聞こえる。

真琴は口を開くこともできず、ただ桐谷を見ていた。

この男っぽい人が……あの、可愛らしいブランドのデザイナーっ!?

(い、イメージ、違いすぎませんかっ!?)

真琴の思考は完全に停止していた。

荒木も祥子も聡美も衝撃から回復することができず、誰も、何も言わない。

(――こ、この場合、何と言えばいいのかしら!?)

黙り込んだ真琴の前で、桐谷がくしゃりと頭を掻《か》いた。

「……瞳。お前、わざと訪問日ずらして教えたな」

睨みつける桐谷の視線にも動じず、神谷はほほほ、と高笑いをした。

「だって、そのままのあなたを見てもらった方がいいでしょう？　どーせ、バレるんだし」

ぐっと言葉に詰まる桐谷に、真琴は躊躇《ためら》いがちに口を開く。

「あの、お仕事中だったのでは？　急に訪問してお邪魔だったでしょう。申し訳ありません」

ぺこりと頭を下げると、やや焦ったような桐谷の声が聞こえた。

「いや、あなたに謝ってもらう必要はない。そこの性悪女が仕組んだことだからな」

「ま、ひどーい。ショウのこと、心配してるからこそなのに」

その声だけでまったく反省していないのが丸分かりだ。睨む桐谷を前にしても、彼女はまったく動じていない。

(神谷さんって桐谷さんと親しい間柄なのかしら？)

あーだこーだと言い合っている二人は、どう見ても気の置けない関係に見える。ただの上司と部下ではないようだ。

「……これで、ショウが表に出ない理由がお分かり頂けましたか？」

神谷の問い掛けに、荒木がはあと声を漏《も》らした。

「要するにイメージ戦略上の配慮、というわけですね」

「ええ。もしショウが高階専務のような方でしたら、当然マスコミにも発表し、大っぴらに宣伝するのですが……」

ちらり、と神谷が目を向ける。桐谷の表情は不機嫌なままだ。

「いかんせん、コレでは可愛いイメージが損なわれますので。ですから、このことはご内密に願います」

（……コレって）

神谷の発言に呆気にとられつつも、真琴はこほん、と咳払いをした。

「ええ。決して口外致しませんので、ご安心ください」

真琴の言葉に、ＭＨＴカンパニー社の三人もうなずく。

「……少し、失礼します。身なりを整えたいので」

溜息交じりに桐谷が言うと、神谷がおかしそうに言った。

「はいはい、いい格好したいんでしょ？」

じろりと神谷を睨んで一礼した彼は、足早にその場を立ち去った。


「……お待たせしました」

再びデザイン部の会議室に現れた桐谷は、ぱりっとした薄いブルーのシャツに、黒っぽいスラックスを着ていた。

ひげも綺麗に剃っていたが、髪は少し乱れ、まだしっとりとしている。シャツの第一ボタンが外されたその姿に、男の色気が纏《まと》わりついているような気がする。

十名ほど入れる広さの会議室も、桐谷が現れただけで狭く感じてしまう。彼の醸《かも》し出す独特の雰囲気に、真琴は引き摺られそうになっていた。

「あら、見られるようになったわね」

神谷の軽口には耳も貸さず、彼は黙って席についた。

真琴は真正面の桐谷を見た。

（桐谷さんは自分がショウだってこと、知られたくなかったのかしら？）

確かにものすごく意外だったけれど、落ち着いて考えれば、素晴らしい才能だと思う。

（いくつも大ヒットブランドを立ち上げて、社長業までこなしてるなんて）

広海の真似だけであっぷあっぷの自分には、到底真似できない。やはり評判通りの天才デザイナーなのだろう。真琴がそう思っていると、いつの間にか桐谷が真琴の方を向いていた。

「……!!」

目が合った途端、真琴の心臓は変な音を立てた。目が離せない。

（し、心臓に悪い、この人の視線っ！）

すべて見透《みす》かされそうな瞳に圧倒され、真琴の口元が若干強張る。

「さて、今回のブランドですが」

神谷の言葉で我に返った真琴は、一息ついたのち、桐谷の右隣に座る彼女に視線を向けた。

「メインデザインはショウ——いえ、桐谷が担当します。ですが……」

彼女の目が、暗がりの猫のように光った。

「今まで、彼が手がけたことのないデザインにチャレンジしたいと思っています」

「具体的には、どんなテイストになりますか？」

祥子が尋ねると、桐谷が口を開いた。

「今までのショウブランドは、十代二十代が中心であり、『かわいい』がメインコンセプトのものが多い」

真琴達は黙って桐谷の言葉の続きを待った。

「だが、今回は二十代後半から四十代までの、『大人の女性』をターゲットにしたいと考えています。ですから――」

そこで桐谷の目が真っ直ぐに真琴を捉える。真琴は思わず息を呑んだ。

「ただ、『かわいい』だけじゃない。そこに『大人の品格』と『色気』を加えたい」

「若者ブランド中心だったショウが、大人向けブランドを発表するとなると……これは話題になりますね」

荒木は興奮を抑えきれないようだ。それを受けて真琴もうなずき、桐谷に言う。

「弊社《へいしゃ》は『大人の女性』ブランドを数多く展開していますから、マーケティングやターゲット層の嗜好《しこう》の分析などで、お役に立てるはずです」

「まったく新しいイメージにするんですね。どのようなデザインになるのか……」

祥子も目を輝かせている。有名なショウと一緒に作業できるのは、デザイナーとしてまだ駆け出しの彼女にとって、大きな魅力だろうと真琴は思った。

「では、ラフ画ができ次第、高階専務に見て頂きますわ。ショウは今、あの部屋に引き籠《こも》ってアイデアを描いているところですの」

乗ってくると、籠《こも》りっきりになって出てこないんですよ、と神谷が笑いながら告げる。

飲まず食わずで倒れそうになったこともあるため、社員が強制的に食べ物を差し入れしているのだとか。

「デザインから縫製に関しては、こちらのデザイン部にお任せ頂けますでしょうか。ショウは我儘《わがまま》なデザイナーで、慣れ親しんだ環境でないと作業が進まないのです」

神谷がそう言うと、祥子は「分かりました。荒木同様、私がこちらにお伺いいたします」と快く応じた。

「では、まずデザイン部内をご案内いたしますわ。今までこの部屋を他社の方に公開したことはございませんの。なにしろ企業秘密にかかわる場所ですので」

神谷は猫のような目を細め、にっこりと微笑んだ。

「ですが、今回は合同ブランドを立ち上げるわけですから、弊社《へいしゃ》の強みを知って頂かなくては。販売済みの企画でよろしければ、ショウ直筆のデザイン画もお見せできますわ」

「まあ！　ショウのデザイン画を!?　是非！」

祥子が嬉しそうな声を上げる。

有名デザイナーのデザイン画を見せてもらえる機会など、そうそうない。駆け出しの彼女にとっては良い刺激になるだろう。

「私はスタッフとの打ち合わせに戻ります。失礼を承知で申し上げますが、プロジェクト運営に限っては、貴社の皆様は少しご経験不足かもしれません。何名かを選抜して、弊社《へいしゃ》の研修を受けて頂いた方がいいかと思われます。我が社には優れた研修プランがありますから」

「分かった、荒木部長。すぐに手配しよう」

真琴が聡美に目配せすると、聡美も「すぐ手配します」と頭を下げた。

「それでは、参りましょうか」

神谷の声に一同が腰を上げた時、それまで黙っていた桐谷が口を開いた。

「高階専務。折り入ってご相談したいことが」

「私に？」

真琴は目を見張った。桐谷はうなずき、「専用のデザインルームに一緒に来て頂けますか」と続ける。

「あそこに高階専務を？」

神谷が驚いたような声を出す。桐谷はそんな神谷をじろりと横目で睨んだ。

「デザインに関することです。決定するまでは社内でも秘密にしておきたいので」

デザイン？　さっき言っていた『大人の女性向けのブランド』のことだろうか？　真琴は戸惑いながらもうなずいた。

「分かりました。……森月さん、社に戻って研修の手配を頼む」

「っ……承知、いたしました」

一瞬、聡美が何か言いたげな表情を浮かべたが、すぐにいつもの顔に戻った。

その後、神谷と祥子は書庫の方へ、荒木と聡美は研修の手配のためデザイン部を出て行く。

そして真琴は、先ほど桐谷が出て来た扉の中に足を踏み入れたのだった。

四　王子の嘘と獣の願い

「えっ」

思わず真琴は声を上げた。

白い壁に白い天井。思ったより広いその空間は、どこかの高級ホテルのスイートルームのような造りだった。

真琴はぐるりと辺りを見回す。入り口から右手の壁にある本棚には、デザイン関係の資料がぎっしりと並んでいた。左手にはトレース台と広い作業机があり、資料や紙が雪崩《なだれ》を起こしそうなぐらい積み上がっている。

中央には黒のローテーブルに同色のソファ。その向こう、真正面には大きなガラスがはめられた壁があり、水が岩肌を流れ落ちる様子を模した箱庭がライトアップされていた。

部屋の左隅の一角にはミニキッチンがあり、その向かいには、また白い壁で仕切られた空間があるようだ。こちらには扉が二つ付いている。

外はあれほど騒がしかったのに、部屋の中はしんと静まり返っていて、まるで別世界だ。

「デザインに集中する時は、ここに泊まり込んでいるんだ。一ヶ月ぐらい生活したこともあるな」

あの扉の向こうは寝室とユニットバスだとか。本当にホテルみたい……と真琴は目を見張った。

「そこに座ってくれ」

勧められるままに、真琴はソファに腰を下ろす。

桐谷がトレース台の隣の机に近付き、青色のバインダーを手に取った。

「これを見てほしい」

バインダーを受け取った真琴は、はらりと表紙を開き――そして目を見開いた。

「こ、これは……！」

粗削《あらけず》りな線で描かれていたのは、様々な角度の女性のドレス姿だった。

すらりと背の高い女性像に合わせて、優美な曲線を描くドレープ。長いドレーンやレースのベール、ネックレスのデザインまであった。

「ウェディングドレス……？」

(とても綺麗……)

真琴は、ほうと感嘆の溜息を漏《も》らした。派手ではないが気品があり、一生に一度はこんなドレスを着てみたいと、誰もが夢見るようなデザインだ。

シンプルなものが好きな真琴の好みに、まさにぴったりのドレスだった。

「これは、半年ほど前に描いたものだ」

桐谷が真琴の右隣に腰を下ろした。腕に桐谷の左腕が当たる。彼から感じる熱をやけに感じて、頬が熱くなりそうだ。俯《うつむ》いた真琴の耳に、低い囁《ささや》きが聞こえた。

「……俺はここ二ヶ月、ひどいスランプに陥《おちい》っていた」

「えっ？」

真琴が顔を上げると、桐谷は真琴を覗《のぞ》き込むように見ていた。

二人の顔の距離は三十センチほどしか離れておらず、清涼感のあるシャンプーの香りが感じとれるくらいだ。バインダーを持つ真琴の指先が思わず強張る。

「だから焦っていた。プロジェクトが始まるというのに、まったくイメージが降りてこなかったから。だが――」

いつの間にか、桐谷の口調から敬語が抜けているのに気付かないぐらい、真琴の心は張り詰めていた。間近で見る彼の瞳に、引き込まれそうになる。

桐谷が真琴の手からバインダーを取り上げ、ローテーブルの上に置いた。

「あなたに会ってから、またイメージが湧いてくるようになった。それこそ、描いても描いても追いつかないぐらいに」

「そ、うなんですか？」

桐谷の手が伸びてきて、真琴の右頬を、甲で撫でた。その感触に、真琴は身を竦めたまま動けなくなる。

桐谷は視線を強めてさらに続ける。

「だから――今回のデザインモデルになってくれないだろうか。会議のついでに、この部屋に二時間ほどいてくれるだけでいい。そうすれば、いいデザインが浮かぶと思っている」

「モデルって、先ほど神谷さんがおっしゃっていた……？」

桐谷の顔にむっとした感情が走った。

「あいつ、もう言ったのか。あの会合の後から、急に描けるようになったからな、おおよその見当が付いたんだろう。——俺はイメージが降りてこないとデザインできない。それはデザインを統括するあいつにとっても、死活問題だからな」

「で、ですが」

この区切られた部屋で、桐谷と二人きり。真琴の頭の中で、警戒音がずっと鳴り響いている。強張った真琴の顔を見下ろした桐谷が、ふっと口元を綻《ほころ》ばせた。

——どくん……

この笑顔。追い詰めるかのような視線。頬に触れる長い指——そのどれもが、この男が危険だと叫んでいる。真琴は声一つ出せないまま、呆然と桐谷を見上げていた。

『いいか、真琴。絶対、奴の口車に乗せられるな。二人きりにならないよう、気をつけろ。手を出してきたら、遠慮なく大声を出せ』

兄の警告が頭を過《よ》ぎったその瞬間、真琴の視界が反転した。

「えっ」

背中に当たるソファの感触。両肩を掴《つか》む大きな手。灯りを遮《さえぎ》る長い影。逆光になる桐谷の表情は、まったく読めない。

(お、押し倒されてるっ⁉)

ソファの上で桐谷が真琴に圧《の》し掛かっていた。逃げようにも、両腕に閉じ込められて動けない。

（どっ、どうして⁉　今はお兄様の姿なのに⁉）

「あ、の、桐……――っ⁉」

全てが止まった。

真琴の開きかけた唇が、熱い唇に奪われる。ゆるりと下唇を舐《な》められて、背筋が震えた。

ゆっくりと何かを探るかのような唇の動き。肉厚の舌が真琴の唇から中へと侵入し、歯茎を舐《な》める。

（な、何っ⁉　何が起こってるの⁉）

呆然としていた真琴は、ここでやっと我に返った。

キス――されてる⁉　桐谷さんに⁉

「んっ、んんんっ、ん――っ！」

首を横に振っても、すぐに捕らえられてしまう。柔らかな唇同士が擦れ合う感触に、かっと頬が熱くなった。何か言おうとしても、彼の唇や舌が許してくれない。絡み合った舌が苦しくて、息が詰まりそうになる。

「や、あっ……！」

必死に桐谷の胸を押した真琴の身体が、びくんと震える。

いつの間にか上着のボタンは外され、ワイシャツの裾《すそ》から大きな手が入り込んでいた。きつく身体に巻いたさらしに触れる手が、少しずつ真琴の身体を解放していく。

「きり、やさっ……」

「……やはりな」

桐谷が低い声で呟《つぶや》いた。

緩《ゆる》められたさらしの下、わき腹から鎖骨《さこつ》の辺りまでを撫でる手は、とても優しい。桐谷は真琴の細いウェストを掴《つか》み、低い声で告げる。

「どうして高階広海のフリをしている？　お前は妹の真琴だろう。図書館にいた」

「――っ……！」

真琴は顔から血の気が引くのを感じた。小刻みに身体が震えだす。

（バレたっ……！）

どうしよう。さらしを緩《ゆる》めた身体に触れられてしまっては、言い逃れもできない。

声すら出せずに震えていると、桐谷の右手が左頬に当てられた。

「事故が原因とはいえ、社長と跡継ぎが同時に休養など、社員の士気にかかわる。うちとのプロジェクトも始まったばかりだったからな。身代わりの理由は、大方そんなところだろう」

「きり、やさ――」

「怪我をした本物の高階広海が快復した時点で入れ替わる――そのつもりだったか」

桐谷の瞳がすっと細くなった。

「怪我は喉だけか？　今触れた限りでは、身体に異常もなさそうだが」

真琴の目が丸くなった。身体を触る手付きが優しかったのは、怪我を心配してくれていたのか。

真琴はおそるおそるうなずいた。

「まあ、身体の動かし方を見れば痛みもなさそうだとは思っていたが……本当に大丈夫なんだな？」

「は、い」

真琴の返事に、桐谷はそうかと溜息をついた。

（桐谷さん……？）

嘘をついていたのに。騙《だま》していたのに。

彼の瞳には、不思議と怒りの感情が見えなかった。真琴を気遣うような色と――そして、どう表現すればいいのか分からない感情が、その瞳の中にはあった。

「……申し訳、ありませ――」

掠《かす》れた声を出した真琴の唇を、桐谷の人指し指が塞いだ。

唇をゆっくりとなぞる指の動きに、真琴は目を大きく見開いた。男性にこんな風に触られたことなど、今まで一度もなかったのだ。

どきどき鳴る心臓の鼓動が耳に響く。

「謝る必要はない。お前が会社のため、兄のためと最善を尽くした結果だろうから」

「でも」

口を開くと、指と唇が擦れる。熱い。自分を見つめる瞳も熱い。自分の身体も熱が移ったように熱くなってくる。

「このことを公表するつもりはない。その代わりといっては何だが、さっきのモデルの件を引き受けてほしい。俺にとっては切実なんだ」

公表しない。

桐谷のその言葉がゆっくりと心に沁《し》みてくる。この人に秘密がバレたと分かれば、兄はどんなに心配することか。

治療中の兄を煩《わずら》わせたくない。このまま兄の身代わりを続けていられるのなら、それに越したことはない。自分がモデルになることで、この人の手助けにもなるのなら。

（でも、本当にいいの……？）

桐谷のことは何も知らない。才能あるデザイナーで、ヴェルヴの社長だということだけだ。

図書館での彼は、穏やかで落ち着いていて……ほんの少し、憧れを抱いていた。でも今、自分に圧《の》し掛かっているこの人から感じるのは、穏やかさとは程遠いもの……激しい何か、だ。

真琴の迷いを感じ取ったのか、桐谷がにやりと笑い、真琴の左耳に口元を寄せた。

「バラされたくなかったら、俺の言うことを聞け——とでも言えばいいのか？」

「っ⁉」

はっと見上げると、至近距離で悪戯《いたずら》っぽく微笑む桐谷の顔があった。それだけで一気に頬が熱くなる。

（この人っ……！）

まるで捕まえたネズミを弄《もてあそ》ぶ猫。きらりと漆黒《しっこく》の瞳が光った気がした。

息を呑んだ真琴は何とか声を出す。

「わ、かりました。モデルの件は、お引き受けします……」

語尾が消えそうな真琴の声に、桐谷はふわっと微笑んだ。

（うっ……！）

ただ笑った、それだけなのに圧倒されそうになる。『男の色気』なのか、何とも言いようのない雰囲気に呑み込まれてしまう。真琴は少しだけ、目を逸らした。

「ありがとう」

桐谷はすっと身体を起こし、真琴の背中に手を回し、肩を抱くように座らせた。まだ真琴がぼうっとしている間に、桐谷は緩《ゆる》めたさらしを巻き戻して、ワイシャツを整え、すっかり真琴の身なりを整えてしまった。

「冷たい水で顔を洗った方がいい。左側の扉がユニットバスになっているから」

真琴はふらふらと立ち上がり、桐谷に手を引かれて二つ並んだドアの前に来た。

左側のドアを開け中に入ると、左手にガラスの台に金色のボールが埋め込まれた洗面台、右手に黒いカーテンがある。そして奥はガラス張りのバスルームになっていた。

洗面台の前に立った真琴は、大きな鏡に映る自分の姿に固まってしまった。

――ほんのりとピンク色に上気した頬、しっとりと潤《うる》んだ瞳、開き気味の唇、少し乱れたショートカット……どう見ても兄には見えない。いつも冷静で強い兄には。それに自分のこんな表情だって、見たことはない。まるで……まるで……

真琴はぶるぶると首を横に振った。

（しっかりしなくちゃ……！）

金色の蛇口のレバーを上げ、流れる水でばしゃばしゃと顔を洗う。

水の冷たさに、熱くなった頬から熱が引いたような気がした。ふかふかのタオルで顔を拭いた真琴は、ぱんと両手で頬を叩く。

「……よし！」

大きな息を吸って吐いた真琴は、ぐっとお腹に力を入れ、再び兄の仮面をかぶり直したのだった。

――顔を洗ってすぐ後、桐谷と二人でデザイン室へと戻った真琴は、満面の笑みの神谷に迎えられた。

「ありがとうございます、高階専務！　モデルの件、引き受けて下さるとか。助かりますわ！」

どうやら洗面ルームにいる間に桐谷が言ったらしい。「いえ、私でお役に立てるなら」と真琴が控えめに言うと、神谷は「これでショウも落ち着いてデザインできると思います」と妖艶《ようえん》な笑みを浮かべた。

「なにせショウは見掛けはこんなのですが、繊細なデザイナーで本当に困っているのですよ。さっきのあの部屋だって、自分のお気に入りしか中に入れないんですから」

「おい、瞳」

脅すような低い声を出した桐谷に、神谷はころころと笑った。

「ショウ、あなたは向こうでデザインの説明してあげて頂戴。遠藤さんが待ってるから。高階専務はどうぞこちらへ。秘書の森月さんがお待ちですわ」

桐谷はじろりと神谷を睨んだ後、真琴に軽く会釈《えしゃく》し、トレース台が並ぶ作業場へと立ち去った。

しばらくその後ろ姿を追っていた真琴は、神谷の案内で廊下へと出る。

「ショウが長らくスランプに陥《おちい》っていたこと、お聞きになりました？」

高いヒールの音を立てながら階段を上がる神谷が、隣の真琴を見上げて言った。

真琴は軽くうなずく。

「数ヶ月イメージが降りてこなかった、とおっしゃってましたが」

「ええ……本当、仕様のないデザイナーで。天才的な閃《ひらめ》きの持ち主ではあるのですが、何しろ不特定多数の人間のためではなく、特定の誰かのためにしかデザインできないんですよ」

「誰かのため？」

真琴が目を丸くすると、神谷がふうと溜息をついた。

「『Berry ＊ Kiss』、あれも桐谷の年の離れた妹さんのためにデザインしたものなんです。自分が大切に思う誰かをイメージした時が、一番インスピレーションが湧くようで」

「だから、あんなに可愛らしいデザインなのですね」

きっと妹さんも、いちごとレースをモチーフにした『Berry ＊ Kiss』のような感じなのね、と真琴は思った。

「大人向けデザインを描いてもらおうと、私共でも色々とモデルを探したことはあるのですが、どうにもショウの気に入らなくて。どうしようかと思っていた時、突然描き出したのですよ、彼。女神《ミューズ》に出会った、そう言って」

「女神？」

真琴が首を傾《かし》げると、神谷がうなずいた。

「なんでも、どこぞの美人に一目惚れしたらしいのです。今までの不調がどこへやらという勢いで描いていたのですが——その人に会えなくなって。それでまた、ぱったりとイメージが湧かなくなり、スランプに陥《おちい》ってしまった、というわけなのです」

ずきん、と痛みが胸に走った。

（桐谷さんには、好きな人がいたのね……）

ざわざわと心が騒ぐ。先ほどの件は、多分その人の身代わりになってほしいということだったのだろう。真琴は神谷に動揺を悟られないよう、慎重に笑みを浮かべた。

「それが、この前の打ち合わせでイメージが復活したと聞いて。これは高階専務にご協力頂かなくては、と思った次第なんです。ショウが気に入る人間はそうそうおりませんの。ですから、高階専務がショウの心の琴線に触れたのだったら、誘拐してでも……あら、ごめんなさい。つい本音が」

「いえ」

かなり物騒なことを言われていたのだが、自分の心を隠すのに必死だった真琴は気が付かなかった。

そんな真琴をちらと見て、神谷は話を続ける。

「デザイン部部長としては、ショウがデザインさえしてくれればと思っておりますが……私個人としては、高階専務がショウの我儘《わがまま》に全て付き合う必要はない、と思っておりますの」

「我儘《わがまま》？」

我儘《わがまま》ってモデルになってくれ、と言われたことだろうか？

真琴が首を傾《かし》げると、神谷が苦笑いをした。

「あの部屋、完全に密室でしょう？　鍵も内側からカードキーで開けるタイプで、外側から開けることはできませんの。おまけにミシンの音が入らないよう、完全防音。あそこで二人きりになるということは、高階専務に何かあっても誰も気が付かない、ということなのです。ですから……」

神谷が真っ赤なルージュをひいた唇をにまりと三日月型にした。

怖い。真琴の背筋がぞくりと震えた。

「高階専務に無体な真似を強いるようでしたら、ショウをぶん殴って頂いても結構ですので。彼、デザインに夢中になると、他のことはどうでもよくなってしまいますから、どうぞご遠慮なく」

「――！」

かっと真琴の頬が熱くなった。

あの部屋での出来事が一瞬で心に蘇《よみがえ》る。ソファに押し倒されて、そして――

(そうだ、私、キ、キスされたんだった……!!)

正体がバレたことで頭が一杯で、完全に忘れていた。どれだけ余裕がなかったのか。

触れられた唇の、柔らかな感触が頭を過《よ》ぎり、ますます頬が熱くなった。だがそれを表に出すわけにもいかず、こほんと咳払いをするフリをして、何とかそのイメージを振り払う。

じっとこちらを見る神谷に、真琴は掠《かす》れた声で言った。

「だ、いじょうぶです。モデルをするだけですから」

少し声が上擦《うわず》ったが、神谷は突っ込んで来なかった。

「そうですの。お困りのことがあれば、いつでもおっしゃって下さいね？　ショウの手綱《たづな》を引き締めるのも私の仕事ですから」

何もかも分かっているかのように微笑む神谷からも、どこか恐ろしい雰囲気がする。

真琴は「ははは……」と乾いた笑いを漏《も》らしたのだった。


「ま〜こ〜と〜っ‼　お前、何てことを約束したんだっ‼」

自宅に戻った真琴は、いつものように広海の部屋へ報告に行った。

真琴から事の詳細——もちろん正体がバレたことやキスされたことは伏せた——を聞いた広海は、目を吊り上げ大声を出したのだ。ブルーのパジャマを着てベッドの上に上半身を起こしている兄に、その近くの椅子に座る真琴は少し慌てて声を掛ける。

「お兄様、あまり怒鳴ると身体によくないわ」

ベッドで療養中の広海の身体には、左腕には点滴、全身に包帯がぐるぐる巻きになっている。左脚と鎖骨《さこつ》を骨折、内臓も圧迫され、あちらこちらが内出血していた。

まだ病院から出られない父親に比べれば状態は軽いが、まだまだ安静にしないといけないのに。

「その、デザインのモデルになるだけよ？　特別なことは何もしなくていい、普通にしていてほしいって言われたし……」

口外しない、とは言ったが、広海に言わないわけにはいかない。

『ショウ＝桐谷』と聞いた広海もまた絶句していた。その後のことを話した途端、今のやりとりになったわけなのだが——

「大体、その個室とやらは、内側からしか開けられないんだろ⁉　密室だぞ‼」

「そ、その神谷さんも気遣ってくれて、無理しなくていいって言われたし、大丈夫よ」

——ぶん殴っていいと言われた、とは言えなかった。広海の眉がぴくりと動いた。

「あの、アマゾネスか！　余計なことを……っ‼」

アマゾネスって……神谷さんのこと？

真琴の脳裏に、男相手に剣を振るう神谷の姿が一瞬浮かんだ。似合いすぎるかも知れない。

「あいつがお前に手を出してきたら、どうする気だ！　いくらデザインのためとはいえ、俺は妹を犠牲にする気はないぞ！」

広海のこめかみには青筋が立ちまくり、ぜいぜいと呼吸まで荒くなっていた。これ以上兄を興奮させてはいけない。真琴は必死に言葉を継いだ。

「ぎ、犠牲なんかじゃないわ。本当に素晴らしいデザインだったの！　あのデザインを完成させるためなら協力しようって思ったくらいよ」

そう、本当に素敵なデザインだった。あれならきっと成功する。自分がその手伝いをできるなら、兄の身代わりとして少しは役に立つはず。まだ入院中の父にもプロジェクトの成功を報告したい。

それが自分にできる数少ないことなのだから。

決意も露《あら》わな表情の真琴を、広海はじっと見つめる。兄の鋭い視線に、真琴は少し首を竦めた。

「……だからといって、あの男に近寄るな。危険すぎる」

（お兄様……桐谷さんと何かあったのかしら？）

前々から兄が桐谷に対し、敵対心を持っていることは知っていた。だが桐谷の方から何か聞いたわけではない。

（でも、私がお兄様と違うって分かったということは、お兄様のこともよく知ってるの……？）

内心首を捻《ひね》りながらも、真琴は広海にきっぱりと言った。

「お兄様、このプロジェクトを成功させるためには、桐谷さんのデザインが必要なの。だからお引き受けするわ。無理はしませんから、心配しないで。ね？」

「真琴……」

低い声で唸《うな》った後、広海は深い溜息をついた。前髪を手で上げ、真琴をきっと睨み付けた。

「とにかく、二人きりになるな。聡美にもよく言っておく。分かったな？」

「……はい……」

真琴は何とか小さくうなずいた。

五　ショウとの時間

桐谷とは二人きりにならない——と約束したものの。

（ごめんなさい、お兄様。さっそく二人きりになってます……）

桐谷はトレース台前に座り、真琴を見ながら鉛筆を走らせていた。

鉛筆が紙を滑る音が聞こえる中、真琴は溜息をつきつつソファに座って書類を読んでいた。

事の始まりはこうだ。

今日のヴェルヴとの打ち合わせは、真琴、聡美、荒木、夕月、神谷の五人。桐谷と祥子はすでにデザインに取り掛かっているらしく、参加していなかった。

その打ち合わせ終了後、神谷が満面の笑みで真琴の腕をがしっと掴《つか》んだ。グレーのスーツの上着に赤いネイルの指が食い込む。

『モデルお願いいたしますね、高階専務。何も特別なことはせずとも結構です。その場にいて下されば』

『は、い』

ぐいぐいと真琴を引っ張る神谷の前に、聡美がすっと立ちはだかる。

『私も同行させて頂き――』

『申し訳ございません、森月さん。あの部屋はショウにとって神聖な空間。デザインに関係ないモノを中に入れると、それだけで気が散ってデザインできなくなりますの。なにせ私も中に入れないぐらいですから』

神谷にさらりと遮《さえぎ》られ、暗に邪魔だと言われた聡美の顔が強張る。

『ですが、専務にはご確認して頂かなくてはならない書類が』

『中で書類を読んで頂いてよろしいですのよ？　要はあの空間内で、ショウの前に高階専務が存在していればいいのですから』

　ぐっと息を詰まらせた聡美に、神谷がにっこりと微笑んだ。

『では、参りましょうか。ショウも手ぐすね引いて待っていると思いますわ』

　何となく表現がおかしかったような気がしたが、真琴は聡美に目配せし、彼女が手にしていた書類を受け取った。

『これは中で見ておくから。あなたは今日の議事録とプロジェクトメンバーへの各種連絡を』

『……はい、分かりました、専務』

　聡美はやや諦めたように頭を下げた。

　真琴は神谷と共に、会議室を出てあの部屋へと向かう。

　そうして、扉を開けて出迎えてくれた桐谷を見た真琴は絶句した。

　目が血走っていて、髪が乱れている。ネクタイも付けておらず、第二ボタンまで外されたワイシャツは、くしゃくしゃだ。捲《まく》り上げた袖口も皺《しわ》になっている。

『あの、桐谷さ……社長』

『桐谷でいい。俺も名前で呼ぶから』

　桐谷に促《うなが》されて、真琴は部屋へと足を踏み入れた。先日入った時よりも、やや乱雑になっている気がした。

　机上の紙は山積みで、今にも崩れ落ちそうだ。トレース台近くのごみ箱も紙屑で一杯になっている。ソファには、無造作《むぞうさ》に掛けられた黒のスーツの上着が。ソファ前のローテーブル上にも、開け放しのコンビニ袋が置いてあり、その中からスポーツ飲料のペットボトルが見えた。

『ソファに座っていてくれればいい。俺はデザインを始めると没頭してしまうから、きりのいいところで、勝手に休んでくれ』

『分かりました』

真琴がソファに腰を下ろすと、桐谷はトレース台の角度を動かし、どかっと椅子に座った。

そうしておもむろに広げた白い紙に何かを描き始めた。そうして、今に至る。


（桐谷さん……）

ものすごい勢いで彼が左手に握った鉛筆が動く。

本当に何かが取り憑《つ》いたかような目に、乱れた前髪が一筋掛かっていた。薄い唇が時折何かを呟《つぶや》く。ギリシャ彫像のような、彫りの深い顔立ち。

デザインに没頭している桐谷の姿はどこか荒々しくて、神々《こうごう》しかった。あの指が、あのデザインを生み出しているのだ。

（本当に天才なんだわ）

図書館での彼と今の彼。どちらも同じ人なのに、全然印象が違う。

穏やかで優しかった彼と――強引に迫って来た彼。そのどちらにも、目を奪われてしまうのだ。

こんな男性は、今まで自分の周りにいなかった。

（私の周りの男性は……お父様にお兄様、そのお友達と執事、あとは図書館の皆さんぐらいしか……）

女子校育ちの真琴は、短大を卒業するまでほとんど男性に接触したことがなかった。たまにパーティーに出席しても、傍《かたわ》らには必ず広海がいたため、誘われたこともない。

図書館の職員は、皆妻帯者。訪れる人も親子連れや子どもばかり。

兄の友人である角田拓実《つのだたくみ》は理学療法士兼整体師で、今は兄のリハビリをしてくれている。真琴から見ればもう一人の兄のようなもの。他に恋愛対象になる男性と巡り合うチャンスなどなかった。

（私がもっと経験豊富だったら、こんなに焦ったりしないのかしら……）

もしかしたら、こんなにおろおろする必要もないことなのかもしれない。今桐谷が真琴を見る視線も、あくまでモデルとしての視線だ。鋭い目付きだが、この前のような雰囲気ではない。

（大丈夫……よね。本当にデザインに集中しているし）

少し警戒し過ぎたのかも知れない。真琴はふうと息を吐いた。

（私も仕事に集中しなくちゃ）

昨日、緊張してあまり寝られなかった自分が恥ずかしい。

真琴は桐谷から視線を逸らし、聡美から渡された資料に目を通し始めた。

今回のプロジェクトは、ショーを開催し、そこでマスコミ等に披露することに決まった。資料には、候補に挙がっているホテル名やその内装等が記されている。

（今回のコンセプトは、大人の女性。それに相応《ふさわ》しい場所でないと）

今までのヴェルヴのブランドよりは大人に、ＭＨＴカンパニーのブランドよりは甘く。

その雰囲気に合う場所はどこか。当然アクセスのよい場所でないといけない。

真琴はメモを取りつつ、内装をチェックする。

（あのデザインは……）

先日見せてもらったデザインを思い出す。ごてごてした飾りはなく、シンプルだけど上品で、ドレープや布端の切り方に特徴があった。そう、あのイメージは。

（女神《ミューズ》――）

桐谷のイメージの元になった、まるでギリシャ神話に出てくるような女神。このデザインをもっと多くの女性に知ってもらいたい。

真琴は兄に指摘を受けたことや今までの会合の議事録を読み返した。

『大人の女性』をターゲットにしたブランド。ヴェルヴは若者向けのブランド、ＭＨＴカンパニーのブランドは、富裕層向けのものが多い。一般の女性が高級感を味わえるようなブランドだと宣伝するためには……

（……あ）

今自分がモデルをしているように、一般公募でショーのモデルを募集すれば、もっと関心を持ってもらえるのではないだろうか。ショウが新たにデザインする服を着たいと思う人は多いだろう。

全て素人モデルを使うわけにはいかないだろうが、一部なら可能なはず。

（ファッション雑誌に募集要項を載せて、各店舗にも募集のチラシを置いて……とすれば募集期間は……）

真琴もいつの間にか、自分の仕事に没頭していた。

＊＊＊

ふっと省吾は顔を上げた。完全に時間を忘れていた。

壁掛け時計を見る。午後五時。

「二時間も経っていたのか？」

鉛筆を置き、腕を伸ばして大きく伸びをする。凝《こ》り固まった肩を回して、ソファの方を見た省吾は、思わず固まった。

——ソファの背にもたれて、書類を手にしたまま、目を閉じている真琴の姿がそこにあった。

(眠ってる？)

回転椅子から立ち上がり、ソファに近付く。

やはり眠っているようで、すぐ傍《そば》に省吾が立っても目を開ける気配がない。すやすやと規則正しい寝息が聞こえる。今にも手から滑り落ちそうな書類を取り、ローテーブルの上に置く。

額《ひたい》にかかった栗色の髪が、柔らかな曲線を描いていた。開き気味の唇はルージュも乗せていないのに瑞々《みずみず》しい。長い睫《まつ》毛《げ》が影を落とす滑《なめ》らかな白い肌に思わず触れたくなる。グレーの男物のスーツを着ていても、こんな無防備な顔をされたら襲い掛かりたくなる。

ＭＨＴカンパニーでこんな姿見せてないだろうな、とあらぬ心配までしてしまった。

省吾は真琴の傍《そば》に屈み込み、そっと指を頬に走らせた。そのまま唇も指でなぞる。それでも真琴が起きる気配はない。

「疲れてるんだな」

慣れない身代わりに、身も心も緊張しているのだろう。

事故に遭《あ》ったばかりだというのに、『高階専務』は頑張っている、専務がここまでやっているのだから我々も頑張ろうと、ＭＨＴカンパニー社内は盛り上がっているらしい、と誠が言っていた。

そんな真琴にモデルを強いたことに、胸がちくりと痛んだが、この機を逃すほど省吾はお人好しでもなかった。

図書館でもそうだったが、彼女はとても優しい。困っている者を見過ごすことができない。そんな彼女の性格に付け込んだ自覚はあるものの、こうでもしなければ近付くことができなかった。

ふと喉元の包帯に目が行った。身体の怪我は軽傷だったらしいが、喉は声変わりしてしまうほど強く打ったのだろう。省吾はそっと真琴の喉元を撫でる。

「……無事でよかった」

重傷だと聞いて、身体の芯から凍り付いた。

会いたくても会えない日々。イメージが枯渇《こかつ》し、事故以来デザイナーとしてはまったく何もできなかった。だが彼女の顔を見た途端、湧き出る泉の水のようにイメージが溢《あふ》れて止まらなくなった。

自分にとって彼女の存在が、どれほど大きいのかを改めて思い知ったのだ。こうして、彼女がここに——傍《そば》にいてくれることが、どれほど……

「ん……」

掠《かす》れた声が漏《も》れた唇に、思わず省吾は自分の唇を寄せた。

＊＊＊

「ん……？」

何か柔らかいものがあたってる。ぼんやりとしたまま、真琴は口を開いた。ぬるりと柔らかい何かが、ゆっくりと動いている。

何だか、覚えがあるこの感触……擦られて、吸われて……？

「――っ、んんっ……!?」

急に息が苦しくなり、意識が次第にはっきりする。

舌が何かに絡めとられているっ……!?

真琴が身体を強張らせると、柔らかなその感触が唇を離れた。

「んはっ、はぁ、はっ……」

目を開けると、間近に桐谷の瞳があった。え、と思う間もなく、ちゅ、と軽いキスが落ちてくる。

「起きたか。よく眠っていたようだが」

「き、桐谷、さんっ!?」

ソファの背にもたれたまま、うとうとしてしまったらしい。

桐谷の両腕が、真琴の身体の両脇を囲むように伸び、ソファの背もたれを掴《つか》んでいる。

座った状態で閉じ込められた真琴は、ぽかんと口を開けたまま桐谷を見上げていた。やがて桐谷の言った言葉を理解する。

(わっ、私っ……！)

真琴は慌てて頭を下げた。

「も、申し訳ありません！　うっかり寝てしまって」

(寝てしまってたんだ！　桐谷さんが一生懸命仕事してるっていうのに！)

いくら疲れていたとはいえ、失礼なことをしてしまった。

ううと自分を責める真琴に、桐谷がすっと目を細めた。

「俺にキスされたことは、どうでもいいのか？」

「えっ!?」

頬が一気に熱くなった。思わずばっと口元を右手で押さえた真琴に、桐谷の左手が伸び、そのまま手首を掴《つか》まれた。

「き、り……んんんっ！」

強引な舌が唇を割り、真琴の舌を捕らえようと動いた。食《は》むように動く唇が、真琴の唇を責めるように擦り上げる。熱い吐息が絡み合い、背中がぞくぞくと痺《しび》れた。

「んんっ、はあ、んんんっ……」

「まこ……」

――ピンポン。

無機質なチャイムの音が響いた。桐谷が眉を顰《ひそ》めながら顔を上げ、入り口の方を見る。またチャイムが立て続けに鳴った。

「ったく」

桐谷が立ち上がって入り口に近付いた。解放された真琴は、どきどきする胸を押さえながら、様子を窺《うかが》う。桐谷は、入り口右側の壁に設置してあるインターフォンのボタンを押して口を開く。

「はい」

『……ショウ？　高階専務は？　そろそろ社に戻らないとって秘書の森月さんがお呼びだけれど』

神谷の声に真琴は壁掛け時計を見た。もう二時間も経っている。

手早くローテーブルの上に載っていた書類をかき集め、ソファから立ち上がった。

「すぐ出ます」

桐谷がそのように伝えると、インターフォンがぷつりと切れた。

真琴は入り口近くに立つ桐谷の隣を足早に通り抜けようとしたが、右腕を桐谷に掴《つか》まれた。思わず強張った真琴に、桐谷が低い声で呟《つぶや》いた。

「あんな無防備な顔して寝ていたら……次はこれだけでは済まないぞ？」

「っ！」

思わず絶句した真琴を見下ろし、桐谷は意地悪く微笑んだ。その大人の色気に溢《あふ》れた雰囲気に呑まれそうになる。

桐谷はカードキーでロックを解除し、ドアを開けて真琴を通した。

外では神谷と聡美が真琴を待っていた。桐谷が二人に会釈《えしゃく》し、真琴に向き直る。

「今日はありがとう。随分デザインも進んだ。——では、また」

ドアが閉まる直前に見せた彼の笑顔が、獰猛《どうもう》な肉食獣に見えた。

真琴は、しばらく何も言うことができず、ただその場に立ち尽くしていた。

だから、そんな真琴を見る聡美が、少しだけ眉を顰《ひそ》めていたことに気が付かなかった。


社内に戻った真琴は、あの部屋で思い付いたモデルの一般募集について聡美と相談し、兄にも電話で意見を聞いた。いいアイデアだと兄にも褒められ、少しだけ自分も役に立てた気がした。

「専務……いえ、真琴様」

聡美が机の前に立ち、真琴を真っ直ぐに見下ろした。専務室には、聡美と真琴の二人しかいない。

聡美はどこか硬い表情を浮かべていた。

「桐谷社長は、お二人の時どんな感じなのですか？　ご無理していませんか？」

「……聡美さん」

本当は年上の聡美にも相談したい。経験のない自分には分からないことだらけだから。

でも兄の恋人である聡美に全ては話せない。うっかり寝てしまい、キスされたなんて。

真琴は慎重に言葉を選んだ。

「その、私……書類を読んでいる途中で寝てしまって。聡美さん達が迎えに来るまで、桐谷さん一人で作業されていたの。申し訳なかったわ」

聡美の心配そうな瞳に、真琴の心がずきずきと痛んだ。

「お疲れなのですね、真琴様。少し顔色もお悪いようですし、今日はもうお帰り下さい。真琴様のアイデアはこちらでまとめておきますから」

「そう、ね。そうさせてもらうわ。今度の週末は、聡美さんとの約束もあることだし」

聡美が目を見張り、そしてふっと小さく笑った。いつも冷静な聡美のこんな表情は、普段会社では見ることができない。

「ありがとうございます、真琴様」

今日は早く寝て、少し頭を冷やそう。今週はもうヴェルヴに行くことはない。次に会うまでに、このもやもやした気持ちを整理すればいい。

真琴は兄の鞄《かばん》に持ち帰る資料を入れ、後を聡美に託して専務室を後にした。

そんな真琴を見送りながら、聡美はどこか考え込んだ表情を浮かべていた。

六　王子と秘書の休日デート？

「真琴様!!」

ショーウィンドウの前で、腕時計を見ていた真琴は顔を上げた。

聡美が息を切らせて走ってくる。真琴は目を丸くした。

「遅れて申し訳ございません、真琴様。出掛けに電話が入りまして」

「いいの、聡美さん。それよりその服、お兄様の……？」

はあはあ、と息を整えた聡美が、にっこりと笑って言った。

「……ええ。SHERIL《シェリル》のワンピースですわ」

ふわりと風に揺れる、軽やかなフレアスカート。優しい色合いの様々な花が散る、ハイウェスト切り替えの上品なワンピース。

紺系のかっきりとしたスーツを着ていることが多い聡美のイメージとはまったく違うが、柔らかな雰囲気が聡美の控えめな美しさを際立たせていた。

いつもまとめている髪も今日は肩に下ろしていて、『完璧な秘書』の顔とは違う。

「とても良く似合ってる。さすがはお兄様……」

兄が独自で企画していたブランドのSHERIL。その試作品第一号を彼女にプレゼントしたというのは聞いていた。

（やっぱり、聡美さんをイメージして作ったのよね、お兄様……）

甘い言葉など囁《ささや》かない照れ屋の兄だけれど、ちゃんと聡美さんのこと、大切に想ってるのね。

真琴は聡美に微笑みかけた。

「真琴様も素敵です」

ちょっと照れたように聡美が言う。真琴は複雑な心境で、店のウィンドウに映る自分の姿を見た。

――薄いグリーンのジャケットに、白い綿《コットン》のセーター。カーキ色のパンツ……もちろん男性用だ。

（真琴の姿で見つかったら、いけないし……）

『とにかく、真琴様は目立つんです！』と、聡美に押し切られ、休日の今日も兄の格好をすることになった。

ふふふと聡美が笑う。

「傍《はた》から見てたら、デートに見えますね？　きっと」

「そう、ね」

ますます複雑な心境だったが、聡美が嬉しそうだったので、良しとしよう、と真琴は思った。

「で、今日はどこに？　買い物に付き合うってことだったけれど」

「あ、ミルカに一緒に行って頂きたいんです」

ミルカはＭＨＴカンパニー社の男性用ブランドだ。イギリステイストの洋服や小物を中心に展開している。イギリス貴族を思わせる上品な雰囲気が売りで、カップルで訪れる顧客も少なくない。

「お兄様へのプレゼント？」

「……ええ」

うっすらと頬を染めた聡美は、真琴より年上なのに可愛らしく見えた。

「真琴様に合わせて頂ければ、間違いないかなと思いまして」

「それは、そうよね」

真琴は軽くうなずいた。兄の格好をしている自分に合わせれば、まず兄に似合わないということはないだろう。

聡美と真琴は、ミルカの店に向かって歩き始めた。

天気の良い日曜日だけあって、石畳の歩行者天国は人で溢《あふ》れていた。

カフェで談笑する女性達。ウィンドウショッピングを楽しむカップル。そんな雰囲気を味わいながら、真琴と聡美は他愛ない話で盛り上がる。

「あ……」

右に曲がる小道のところで、真琴の足が止まった。聡美が訝《いぶか》しげに真琴を見上げる。

「真琴様？」

「聡美さん、ちょっとこちらに寄ってもいい？」

「え？　ええ……」

真琴は横の小道に入っていった。聡美がその後を追う。

しばらくくねくねとした路地裏を歩いていた二人の前に、大きな木が見えてきた。

「ほら、ここ近道なの」

「まあ！　ここは……」

小道を抜けたところは、大きな木を中心にした円形の広場があった。そのすぐ傍《そば》に立つ、クリーム色の三階建ての建物。

ドーム型の屋根が付いた建物を中心として、両脇に大きなガラスが特徴の建物が連なっている。

ドームの部分には天体望遠鏡が設置されており、天文観測のイベントもよく行われていた。

「市立図書館。真琴様がお勤めだったところですね？」

「ええ……」

懐かしさで胸が痛くなる。

図書館での日々が大好きだった。おすすめの本を探して、子ども達に絵本を読んで……

その時ふっと桐谷の言葉が心に浮かんだ。

――また朗読を聞きに来てもいいですか？　あなたの声がとても綺麗で。

「真琴お姉さん⁉」

真琴ははっと振り返った。薄いピンク色のスカートを穿いた少女が、真琴に向かって駆けて来た。くりんとした瞳に内巻きカールの黒い髪に、イチゴとフリルのついたカチューシャがよく似合っている。

「……真琴お姉さんの、双子のお兄さん！　広海お兄さんでしょう⁉　お姉さんにそっくり！　初めまして！　私――」

ぺこりと頭を下げた少女に、真琴は微笑みかけた。

「……志野鈴音《しのすずね》ちゃん、だよね？　真琴から聞いてるよ」

「わあ、本当に⁉」

鈴音はうれしそうに笑った。

――志野鈴音は、高校のボランティアの授業で、図書館に来た女子高生だ。

図書館が気に入ったらしく、その後も放課後にちょくちょく訪れては、真琴の仕事を手伝ってくれていた。高校三年だが、付属大学に内部進学するとのことで、時間的には余裕があるらしい。

小柄で明るく活発な彼女を、真琴も妹のように可愛がっていた。

「真琴お姉さんの具合はどうですか？　お見舞いに行きたいけど、会えないって聞いたから……」

真琴は少し胸が痛んだが、優しく鈴音に言った。

「ずいぶん良くなったよ？　外に出るのは、もうちょっとかかるけど」

「そうなんですか。よかった！　あのね、真琴お姉さんがやってた、毎週水曜日の絵本の読み聞かせ、今私がやってるんです」

「鈴音ちゃんが？」

真琴は目を見張った。毎週水曜日に真琴がやっていた、おすすめ絵本を子ども達に読み聞かせる会。桐谷が聞きに来ていたのも、この会だ。

「はい！　午前中は学校があるから無理だけど、午後だけでもって、放課後に来てるんです」

「そう……ありがとう。きっと、真琴も喜ぶよ」

(本当にありがとう、鈴音ちゃん)

真琴は心の中で感謝する。

「真琴お姉さんにも伝えてください。子ども達も、みんな待ってるって！」

「うん、伝えるね」

真琴の瞳がやや陰ったが、鈴音には気付かれなかったようだ。

（この『声』じゃ、前みたいに、っていうのは無理よね……）

——あの事故の時、ひしゃげた座席に喉を挟まれ高い声が出なくなった。もちろん、もっと強い力で挟まれていたら即死だったと聞かされ、運が良かったと思ったけれど。

綺麗だと言ってくれたあの声は、もう出ない。

「まあ、可愛らしいお友達ね、広海様？」

聡美の声に、真琴は振り返った。

「志野鈴音ちゃん。真琴のお友達だよ」

「初めまして、鈴音ちゃん？　私は森月聡美よ、よろしくね？」

「初めまして、聡美お姉さん！　よろしくお願いします！」

聡美を見る鈴音の瞳がきらきらと輝いていた。

「広海お兄さんと聡美お姉さんって、恋人同士なんですか⁉」

「え」

真琴は思わず固まった。

（え、えーっと……お兄様と聡美さんは恋人だから、この場合……）

「あら、それは大人の秘密よ？」

ふふっと聡美が言った。わあ、あてられちゃった、と鈴音が笑う。

（さ、聡美さん……大人な対応……）

あたふたしている自分が少し恥ずかしくなった。やっぱり自分には経験が足りないのかも知れない。

「鈴音ちゃんは、誰かと来たの？」

真琴が尋ねると、鈴音は首を横に振った。

「夕方に待ち合わせはしてるんですけど、その前にプレゼントを買いたくて」

「プレゼント？」

「はい！　お兄ちゃんの誕生日だから、何か買おうかなって」

鈴音は肩にかけている、可愛いポーチを手に持った。フリルといちごのモチーフ。『Berry ＊ Kiss』だ。

「お小遣いも下ろしてきたんです。でも、何にしようか悩んでて……結構お兄ちゃんとは年が離れてるから、好みが分からなくて」

ぽん、と聡美が手を打った。

「じゃあ、私達と一緒にお店に行かない？　これからネクタイを買いに行くところだったの。お小遣いの範囲で買える男性物も売ってるわよ？」

鈴音が「え！」と声を上げた。

「いいんですか？」

「鈴音ちゃんさえ良ければ」

真琴が微笑みながらうなずくと、鈴音は嬉しそうに笑った。

「じゃあ、デートのお邪魔しちゃいます！　えへへ」

人懐っこい笑みを浮かべる鈴音を真ん中に、真琴と聡美は再びミルカへと足を向けた。

「こちらの色も合いますね、広海様」

「もう少し、濃い色の方がいいと思うけれど」

「そうかしら……ではこちらは？」

聡美が真琴の首元にネクタイをあてる。真琴は大人しくマネキン人形になっていた。

今日は夕方近くになっても空気が熱を持っていたが、ミルカ店内は冷房が効いていて、初夏の暑さをシャットアウトしていた。何組かの親子連れやカップルの姿がある。高級ブランド店だけあって、外の喧騒《けんそう》とは無縁の静けさだった。

鈴音は店員に色々質問しながら、ネクタイやハンカチを前に、うーんと唸《うな》っている。

「鈴音ちゃん？　お兄さんって普段どんな格好をしてるの？」

真琴が聞くと、鈴音はうーん、と考え込んだ。

「お兄ちゃんは、黒っぽい服が多いです。色が多いと邪魔なんですって」

「ふうん？」

真琴はネクタイを何本か選んで、鈴音に渡した。

「それなら、ネクタイは鮮やかさがあってもいいかなあ、って思うよ。イギリス貴族の紋章みたいな透かし柄がついてるでしょう？」

「わあ、かっこいい！　うん、お兄ちゃんに似合うかも」

抑え気味の赤地に、紋章がエンボスのように浮かび上がっているネクタイを、鈴音はいたく気に入ったらしい。「これ下さい！」と店員に持って行った。

「私も、これにしますわ」

聡美もちょうど広海へのプレゼントを選び終わったらしい。仲良く支払いを終えて、外に出たところで聡美の携帯が鳴った。

「少し、ごめんなさいね？」

脇に寄った聡美を見ていた真琴は、じーっと自分を見上げる鈴音の視線に気がついた。

「鈴音ちゃん？」

心なしか鈴音の頬は紅潮し、瞳がうるうると潤《うる》んでいる。

「広海お兄さん……本当、王子様みたいです！」

「はは……ありがとう」

真琴は少々居心地が悪かったが、鈴音に笑いかけた。

「素敵過ぎます！　絶対、お似合いだと思うんです！」

鈴音の声に熱がこもった。

「お兄ちゃんも、広海お兄さんみたいな恋人作ってくれたらいいのに！」

（……は？）

真琴の目が点になった。今、不可解なことを聞いたような気が……

「……すみません、広海様。急用ができて、戻らないといけなくなりました」

聡美の声に、真琴は我に返った。

（もしかして、お兄様？）

こっそりと聞くと、聡美がその通りだとうなずく。何か急ぎの用件なのだろう。

「じゃあ、先に戻っていて。私は鈴音ちゃんを待ち合わせ場所まで送るから」

きゃあーっと鈴音が歓声を上げる。そんな鈴音を見て、聡美もふふっと笑った。

「じゃあ、鈴音ちゃん、会えて楽しかったわ」

「はい、私もです、聡美お姉さん！　今日はありがとうございました！」

ばいばい、と手を振って、聡美は地下鉄の駅の方へと歩いて行った。

「じゃあ、行こうか？　待ち合わせはどこ？」

「えっと、駅前のサリーホテルのロビーです！」

鈴音はまだ立ったばかりのホテルの名を告げた。ここからだったら徒歩でも行けるということで、真琴は鈴音と一緒に歩き出した。

街灯が薄闇の中、ぽつぽつと点灯し始める。帰宅する人の波に紛れて、二人は仲良く並んで歩いていた。

「あのね、広海お兄さん。お兄ちゃんって、とっても、もてるんです」

歩きながら、鈴音が話しかける。

「ふうん、そうなんだ」

「でも……」

鈴音が少し俯《うつむ》き加減になる。

「お兄ちゃん、趣味悪くって。今までの恋人も、つまんない人ばっかり。お兄ちゃんって見掛けが派手だから、派手目の人が寄って来るんですけど、結構仕事人間で。私と仕事、どっちを取るのよって言われて、大抵仕事を取っちゃって、ジ・エンドになっちゃうんです」

「そ、そう」

こ、こういう時って、何と言えばいいのかしら!? 恋愛経験値ほぼゼロの真琴は、気のきいたことも言えず、ただ黙って聞いていた。

「だから、広海お兄さんみたいに綺麗で優しい人だったら、良かったのになあって……」

上目遣いに鈴音に覗《のぞ》きこまれて、思わず、うっと言葉が詰まる。

「あの……」

話の展開がイマイチ見えない。鈴音ちゃんは一体、どこに行こうとしているの!?

「お兄ちゃん、攻めるタイプなんですよね。だから、同じタイプだと上手くいかないと思うんです」

「う、うん……」

「広海お兄さんは……受け、ですよねえ……」

うっとりとした口調。こんな鈴音ちゃんを見るのは初めてだ。

「二人で並んだら、お似合いなのに～！ 攻めるお兄ちゃんに、攻められる広海お兄さん。絶対絶対、絵になるはず!!」

「……すず、ねちゃん……？」

なんだか知らない世界に足を突っ込んだ気がする。

「広海お兄さん、絶対お兄ちゃんの好みだと思うんです」

「……え」

「美形で、優しくて、儚《はかな》げで……そういう、庇護欲をそそられるタイプに弱いって、前に言ってたから」

「それは、意味が違うんじゃ」

今はお兄様《オトコ》の姿だし。きっと、そういう女性が好みって意味だったのよね？　うん。

「本当、お兄ちゃんに会ってみてもらえませんか？　妹の私が言うのもヘンですけど格好いいんです。広海お兄さんみたいに王子様じゃなくって、魔王って感じだけど」

「あ、会うのは別に構わないけれど……」

「広海お兄さんにも、きっとお兄ちゃんぴったりです！　恋愛に初心《うぶ》なお兄さんをお兄ちゃんがリードして……きゃあっ、素敵」

（す、すっかり世界にはまり込んでる……っ！）

きゃあきゃあと頬を染める鈴音に、呆然とする真琴。

そんな二人に焦ったような声が聞こえてきた。

「……鈴音！　お前どこに行って……!?」

真琴は目を見開いた。ホテルの入り口から出てきたのは、黒っぽいスーツを着た——

「……桐谷さん!?」

「高階……っ!?」

桐谷も、真琴を見て呆然と立ちすくんだ。

七　兄と妹のアヤしい会話

「お兄ちゃん!!」

鈴音の声に、真琴は我に返った。桐谷もはっとしたようだ。

「お前、どこ行ってた!?　志野の家に連絡したら、もうとっくの昔に出たと……」

「えへへ、デートしてたんだ。そうよね、広海お兄さん？」

鈴音が桐谷の右腕に腕を絡ませながら言う。

「は!?」

「は、はい……」

桐谷の鋭い視線を浴びて、思わず肯定の返事が出た。

鈴音がぐいっと桐谷の腕を引っ張って、真琴に向き合う。

「広海お兄さん、これが不肖《ふしょう》私の兄、桐谷省吾、本日付で三十三歳、独身ですっ」

「は、あ……」

一体何を言ったらいいのか。真琴は真っ白になった頭から、何とか言葉を引っ張りだそうとする。

「えっと、そ、そういえば名字が違うんですね……」

すると鈴音が答えた。

「お兄ちゃんのお母さんがお父さんと再婚して生まれたのが私、なんです。だからお兄ちゃんとは半分しか血が繋がってません」

似てないでしょう？　と鈴音が笑う。

「あのね、お兄ちゃん。こちらが……」

はあ、と溜息をついて、桐谷が言葉を続けた。

「……高階広海。二十八歳。ＭＨＴカンパニー社の専務、だ」

鈴音の目が丸くなる。

「お兄ちゃん、広海お兄さんと知り合い⁉」

「今、ヴェルヴが事業提携してる相手だぞ」

鈴音の瞳が大きく見開かれた——と思うと、きゃあああっと歓声が上がった。

「す、すごいっ‼　じゃあ、まこっちが言ってた女神《ミューズ》って、広海お兄さんのこと⁉」

「あいつ、何をバラして……」

ぼそっと言った桐谷を尻目に、鈴音が真琴ににっこりと笑った。

「もう、これは、運命だわっ！　ね？　広海お兄さん？」

運命って。よく意味が分からないまま、真琴は引きつり笑いをした。

「こいつ、こんな感じだから迷惑かけたのでは……申し訳ない」

頭を下げる桐谷に、真琴は慌てて言った。

「そんな、迷惑なんて……こちらこそ、勝手に鈴音ちゃんを連れ回してすみませんでした」

頭を下げた真琴の両手をぎゅっと小さな両手が包み込んだ。

「ね、広海お兄さん？　また私とデートして下さいっ！」

「え？」

「は!?」

真琴と桐谷は同時に叫んだ。

うるうる潤《うる》んだ丸い瞳が、真っ直ぐに真琴を見上げている。

「私っ、もっと広海お兄さんのこと、知りたいんです！　真琴お姉さんのことも聞きたいし！」

「おい、鈴音！　まだ怪我が完治してない上に、仕事もハードなんだぞ!?　お前の我儘《わがまま》に付きあってる暇なんて――」

「……ダメ、ですか？」

うっと真琴は言葉に詰まった。

――あああ、そんな目で見ないで……っ!!

妹のように可愛がっていた鈴音から、子犬みたいな瞳で見つめられてしまえば、真琴の取る行動は一つしかなかった。

「……うん、分かった。またデートしようね？」

「やったーっ！」

大喜びする鈴音とどこか苦虫を噛み潰したような顔をしている桐谷を見て、真琴はこっそりと溜息をついた。

間章　兄と妹のアヤシいデート

「でね、広海お兄さんったら……」

終わることのない鈴音のおしゃべりに耳を傾《かたむ》けつつ、省吾はステーキにナイフを入れていた。

酒でも飲みたい気分だったが、帰りは運転するため、口にできるのはせいぜいミネラルウォーターぐらいだ。柔らかくてジューシーな牛肉を味わいながら、省吾は先ほどの会話を思い出していた。


『広海お兄さんも、一緒に夕食食べませんか⁉』

そういう鈴音の頭を、よしよしと『あいつ』の優しい手が撫でた。

『今日はお兄さんと誕生日デートだよね？　だったら二人きりじゃないと』

そう言って『あいつ』は、ややはにかんだ笑顔を見せた。

『お誕生日おめでとうございます、桐谷さん』

——鈴音から渡された誕生日プレゼントのネクタイ。『あいつ』が選んでくれた、と言っていた。

それだけで、心が温かくなったような気がした。


「ねえ、お兄ちゃん、聞いてる⁉」

鈴音の声に省吾は目を瞬《またた》かせ、ナイフとフォークを置いて真正面にいる妹を見た。

「もう……上の空なんだから。どうせ、広海お兄さんのこと、考えてたんでしょ？」

図星だったが、省吾は表情を変えなかった。

「うらやましいんでしょ～？　広海お兄さんのアドレス、ゲットしちゃったもの、私」

「連絡先ぐらい、知ってる」

「仕事用の番号でしょうが。私のはプライベートだもーん」

ふふん、と鈴音が自慢げに笑う。

本当に、最近生意気になってきたな……。省吾は妹を見ながら、溜息をついた。

「ねえ、お兄ちゃん？」

「何だ」

「お兄ちゃん、広海お兄さんのこと、好きよね!?」

省吾は飲みかけていたミネラルウォーターを思わずごほっと噴き出しそうになる。

「な、にを突然……っ」

呟き込みながら前を見ると、にやり、としたり顔の鈴音が省吾を見ていた。

「だって、あの部屋に二人きり、だったんでしょ？」

「……」

「お兄ちゃん、デザインする時は少しでも不愉快な物に触れたくないって言って……壁紙も床も消しゴム一つに至るまで、ぜーんぶ『自分の好きな物』であの部屋、作ったじゃない？」

「……」

「好きなだけ籠《こも》れるように、ベッドもユニットバスもミニキッチンも完備で……」

「……」

「カードキーだって、お兄ちゃんしか持ってないし。まこっちゃ瞳お姉さんだって、入ること嫌がるでしょ？」

「……」

「そ・れ・が」

うふふ、と鈴音が含み笑いをした。

「二時間も他人を入れるなんて、今まで一度もなかったよね？　おまけにでき上がったデザインすごかったって聞いたわ」

(瞳か誠か、こいつに言ったのは)

うんうん、分かってるって、と鈴音がうなずく。

「広海お兄さん、素敵だものね？　優しいし綺麗だし、頭までいいんだよね〜まさに『王子様』！」

「ズレてるぞ、お前」

ずれてないもーん、と鈴音が口をとがらせる。

「だって、広海お兄さんのこと見てたお兄ちゃん、今までと違うじゃない。あんな顔で恋人気取りの女の人、見たことないよ」

「……」

「それでね、お兄ちゃん？　真琴お姉さんに好きだって言ったの？」

ぐっと言葉を詰まらせた省吾に、にやりと鈴音が笑う。

「分かってるんでしょ？　あれ真琴お姉さんだってこと。私もすぐに分かったよ。だって、ちょっと首を傾《かし》げたりする癖が一緒なんだもの」

「鈴音」

省吾の脅すような声にも、妹はまったく怯《ひる》まなかった。

「私知ってるんだよ？　お兄ちゃんが図書館に通ってたこと。最初に職業体験で行った日、お兄ちゃんが帰っていくのを見掛けたの。だからまこっちゃ図書館で聞いてみたんだ。そしたら、お兄ちゃんが昼間会社を抜け出して、図書館で真琴お姉さんの絵本の読み聞かせ、こっそり聞いてるってことが判明したの。それを教えてくれたのは、真琴お姉さんを好きな保育園の男の子だったよ。ライバル視されてたみたいね、お兄ちゃん」

……ったく、こいつの無駄な察しの良さは何とかならないのか。

省吾の心の嘆きを知ってか知らずか、鈴音が言葉を続ける。

「私としては、広海お兄さんの格好をしたまま、お兄ちゃんとくっついてくれたら、とっても嬉しいんだけど」

「ちょっと待て」

「そりゃ、真琴お姉さんとだって素敵だけど、ノーマルすぎる結末じゃない？」

「あえて、アブノーマルを求めるのはやめてくれ……」

「お兄ちゃんって、派手な見掛けによらず、意外と常識人でつまんないわよね」

鈴音はフォークを置き、オレンジジュースをこくり、と飲んだ。

「もう、今日は徹夜になりそう〜っ！　ものすごいインスピレーションが湧いたのっ！」

嫌な予感が、省吾の背筋を寒くさせた。

「……お前、まさか……」

「……しがない平民から領主までのし上がった冷酷無比な男が、前の領主の忘れ形見、美しき双子の兄妹を監禁し、二人とも自分のモノにして弄《もてあそ》ぶ……兄は妹を庇《かば》い、妹は兄を庇《かば》い、領主の言うことを聞くしかない二人が、次第に甘く溺れていく禁断の欲望の世界……」

「また、モデルにする気かっ!!」

鈴音の表情は、うっとりとしている。

「ああ、もう話ができたわっ！　プロットを編集さんに送らないとっ！」

「鈴音！」

「本当この二ヶ月、私もスランプだったのよ。お兄ちゃんが落ち込んでるから、ぜんぜんイメージ湧かなくて……」

はあ、と鈴音が溜息をついた。

「それが、真琴お姉さんとお兄ちゃんが並んでるとこ見た時に、一気にイメージが湧いたの！　次から次へとお話、浮かんでくるわっ!!」

「お前にとっても、女神《ミューズ》なのか、あいつ……」

諦めた口調で、省吾が呟《つぶや》いた。

――幼い頃から本が好きだった鈴音は、作文でコンクールに入賞したこともある才女だった。中学生の時に応募したケータイ小説が入賞し、それ以来、恋愛小説やらファンタジー小説やらを書く小説家として活動している。

その鈴音が十八になった時、省吾に宣言したのだ。

『これで十八禁解禁になったから！　これからは趣味の作品書きまくるわね！』

何のことかと思っていたら、鈴音は『沙羅《さら》』というペンネームで、なんと俗に言うＢＬ作家になってしまった。

可愛い妹の変わり身に、省吾は頭を抱えたが、鈴音曰《いわ》く、元々こちらが書きたくて作家になったのだという。しかも、結構売れっ子だと聞いた時には、思わず遠くを見てしまった。

妹のためにと可愛い洋服をデザインし、大事にしてきたつもりだったが、いつの間にやら鈴音は『腐海《ふかい》』へと迷い込んでしまったらしい。

……おまけに自分をモデルにしている、と初めて知った時には血の気が引いた。

『まこっちとお兄ちゃんのカップリングも考えたんだけど、どっちも攻めだから、ダメだったのよね～』

（誠とカップルにするのはやめてくれ。『真琴』なら大歓迎だが）

彼女の柔らかな笑顔がふと浮かぶ。

鈴音の言うことにも実は一理ある。あの部屋には、自分以外の誰も入れたくなかった。なのに、彼女だけは特別だった。彼女の存在は、完全に周りに溶け込んでいた。『お気に入り』しか、置かないと決めているあの部屋に。

「ねえ、お兄ちゃん。ちゃんと真琴お姉さんに告白しなさいよ？　こう言っちゃなんだけど、真琴お姉さんってものすごく奥手なのよね。私の同級生の方が進んでるくらい。多分、誰かが真琴お姉さんの周りの男子、退《しりぞ》けてたんじゃない？」

「まあ、な」

それはおそらく彼女の兄だ。自分を睨み付けていた広海を思い出しながら、省吾は言った。

あの調子で真琴に近付く男共を追い払ってきたに違いない。

「真琴お姉さんに誤解される前にちゃんとしなさいよね。まったく、お兄ちゃん、強引なくせにヘタレなんだから」

「ヘタ……」

歯に衣を着せぬ妹の言葉に、はあと深い溜息が省吾の口から漏《も》れた。

「時間があまりないことはお前に言われなくても分かってる。余計な口出しは無用だ」

そう、タイムリミットは、本物の広海と交代するまでの間。

広海《あに》が出てくれれば、自分を遠ざけようとするに決まっている。そうなれば、今の彼女は、自分よりも双子の兄の言うことを聞く可能性が高い。

彼女の心は、まだ自分の手の中にはない。それまでに手に入れないと、厄介なことになる。

「ふーん……」

グラスをぐっと握り締めミネラルウォーターをごくりと飲んだ省吾を見た鈴音は、「まあ、私も手伝ってあげるから」と意味ありげに微笑んだ。

八　王子の困惑と獣の熱

「広海お兄さん！」

突然聞こえて来た明るい声。

ヴェルヴ一階にあるオープンカフェテラスで休憩をとっていた真琴が顔を上げると、ちょうど制服姿の鈴音が手を振りながら駆けて来るところだった。

「鈴音ちゃん？」

左手に持っている白いビニール袋を重そうに持つ鈴音が、にっこりと笑って言った。

「こんにちは！　ここの席座ってもいいですか？」

「ああ、どうぞ」

わーい、と言うが早いか、袋を丸テーブルの上に置いた鈴音は、真琴の向かいの椅子に腰かけた。

近付いて来た店員にオレンジジュースを頼み、ふうと溜息をつく。

「重かったぁ……」

グレーのチェックのプリーツスカートに、生成《きな》りのベスト。赤いリボンを胸元に結んだこの制服は、有名な私立中高一貫校のものだ。

よっぽど喉が渇いていたのか、鈴音は運ばれてきたオレンジジュースを、ストローで半分以上一気飲みした。

「すごい荷物だね。どうしたの？」

「あ、お兄ちゃんへの差し入れです」

桐谷さんへの？

真琴が首を傾《かし》げると、鈴音はやれやれといった表情を浮かべた。

「お兄ちゃん、ここ一週間ほど、あの部屋に籠《こも》りっきりなんです。家にも帰って来なくて」

「え」

私が前回モデルになった時から、今日までずっと籠《こも》っているということ？　確かに、今日の打ち合わせにも出ていなかったけれど。

「お兄ちゃん、デザインが乗ってくると、他のことは全部忘れて没頭しちゃうんですよね。飲まず食わずで徹夜して、あわや入院ってとこまで行ったことあるんですから」

飲まず食わずで徹夜。それを聞いて真琴は眉を顰《ひそ》めた。

「それは……心配だね」

「まあ、それだけ広海お兄さんの魅力がすごかったってことなんですけど」

残りのジュースも全部飲み干した鈴音が、腕組みをしてうんうんとうなずいた。

「なので、強制的に差し入れするんです。あの部屋に入れる人って限られてるから、こうやって私が色々選んで来たんですけど……」

鈴音が袋を少し開けた中には、スポーツドリンクや吸うタイプのゼリー、カロリー計算されたクッキーやビタミン剤などが入っていた。

「あの、広海お兄さん？」

鈴音が畏《かしこ》まった表情を浮かべ、真琴を真っ直ぐに見る。

「何？」

「お兄ちゃんのこと、どう思いますか？」

どくん、と小さく心臓が鳴った。どう思っているのか。あの人を——それはあまり考えたくはなかったことだ。

内心のもやもやを悟られないように、真琴は冷静な笑みを浮かべた。

「桐谷さんは、素晴らしいデザイナーだね。ヴェルヴの社員にも慕われているし、社長としても優秀な方だよ」

鈴音がじーっと真琴を見つめる。その視線にどこか居心地の悪さを感じた真琴は、冷めてしまったコーヒーを誤魔化すように一口飲んだ。

「広海お兄さん、この差し入れ、お兄ちゃんに持って行ってもらえませんか？」

「えっ」

突然の鈴音の言葉に真琴が息を呑む。すると、彼女は「お願いします！」と頭を下げた。

「お兄ちゃん、無茶ばっかりするんです。だけど、広海お兄さんが注意してくれたら、きっと言うこと聞くと思うんです。だってあの部屋に二時間もいたんでしょう？」

「それは、そうだけど」

鈴音がにっこりと嬉しそうに笑った。

「なら、お兄ちゃん、広海お兄さんのこと好きなはずなんです」

「……!?」

頬が熱くなるのを抑えられなかった。鈴音はうろたえる真琴を見つめて、言葉を続ける。

「あの部屋は、お兄ちゃんが自分の好きな物だけで造った部屋なんです。好きなものに囲まれてないと、デザインできないって言って。あの部屋には、まこっちゃ瞳お姉さんも滅多に入ることができないんですよ？　二人とも大学時代からの友達なのに」

「まこっちって……夕月さん？」

秘書の夕月さんやデザイン部部長の神谷さんが入れない？　あの部屋に？

(なら……どうして)

どうして、私は入れたの？　そんな真琴の疑問に答えるように鈴音が言う。

「広海お兄さんが中に入れた理由は、直接お兄ちゃんに聞いて下さい。いくらヘタレでも、そこまで聞いたら答えると思いますから」

桐谷をきっぱりとヘタレ扱いした鈴音は、すっくと立ち上がり、自分の分の伝票を手に持った。

「じゃあ、お願いしますね！　私、これから塾があるので失礼しますー」

「鈴音ちゃん⁉」

鈴音はぺこりと頭を下げて、さっさとレジの方へと行ってしまった。

真琴は鈴音の置き土産を、しばらく呆然と見つめていた。


「ショウに差し入れですか？　助かります、高階専務！」

神谷は、真琴がコンビニ袋を下げてデザイン室を訪れたことを手放しで喜んだ。

「ほんっとうに、手がかかるんです、ショウは」

しかも、鈴音と同じことを言っている。

「デザイン中は私が中に入ることも嫌がるし……かと言って、ほったらかしにしてたら干からびちゃうし……」

ひ、干からびるって。生々しい表現に、真琴の顔も引きつった。

「鈴音ちゃんが昨日持ってきてくれたお弁当、食べたかどうかも怪しくて」

はあ、と神谷が盛大に溜息をついた。

「朝一度出て来てから、もう半日以上過ぎてますし、様子を見て頂けるなら助かります」

ぺこりと頭を下げた神谷に、ついでですから、と真琴は慌てて手を振った。

そうして真琴は、桐谷が籠《こも》っている部屋のドアの前に立っていた。

「……はあ」

溜息をつきつつ、真琴はインターフォンを押す。

――ピーンポーン。

数秒後、『……はい』と、低い声が聞こえてきた。

「あの、高階ですが……」

『……今開ける』

ぶちっとインターフォンが切れた。

（なんだか怒ってる？　のかしら……）

ぶっきらぼうな声だった。

やっぱりお邪魔だったんじゃないか――そう思った瞬間、ドアが開く。

「桐谷さん？」

桐谷を見上げた真琴は、わずかに眉を顰《ひそ》めた。

くしゃくしゃのシャツに黒のスラックス。髪は掻《か》き回した後のように乱れ、高い頬骨のあたりがほんのりと赤く染まっている。瞳もぼうっとした感じで、焦点が合っていない。

（もしかして、体調よくないんじゃ……）

違和感を感じながらも、ぺこりとお辞儀をした真琴に、ドアノブを握ったままの桐谷が「……どうぞ」と言った。

「お邪魔します……」

真琴の後ろで、ドアが閉まる音がした。先に中に入った真琴の目に、デザイン画が山のように積まれた作業机とトレース台が映る。

（やっぱり、全然休んでないんだわ）

真琴が振り返って、声を掛けようとしたその瞬間、桐谷の足元がふらついた。

「桐谷さん!?」

桐谷が真琴の方に倒れ込み、そのままぐったりとしなだれかかる。

（熱い!?）

真琴の手から、ビニール袋が床に落ちた。

「桐谷さんっ」

ぐっと抱き締められて、真琴の言葉が詰まった。

熱くて荒い息が首筋にかかる。声を掛けても返事がない。

（意識がない!?）

「……っ、き、り……」

そっと彼の手をはずし、自分の右肩に回した。そして左手を彼の背中に回し、身体を支えて一歩一歩ゆっくりと歩く。ぐったりとした身体が、真琴に重く圧《の》し掛かる。

「も、う少……し……っ！」

ソファの前で、よいしょ、と身体の向きを変え、桐谷の身体を仰向けに寝かせる。

一仕事を終え、真琴は思わず、ふうと溜息をついた。

（お兄様のリハビリ訓練に付きあっていて、よかった……）

拓実に教えてもらった、成人男性の身体を支えて歩くコツが役に立った。

（桐谷、さん……）

ソファに屈みこんで、額《ひたい》にそっと手を当てる。じっとりして冷たい感じがするが、頬は赤く、息も熱い。瞳は固く閉じられていた。

「熱が中に籠《こも》ってる？」

図書館で気分が悪そうにしていた時と同じ症状。

（とにかくお医者様に……！）

立ち上がろうとした真琴の左手首を、大きな手が掴《つか》んだ。

「えっ」

見下ろすと、うっすらと桐谷の瞳が開いていた。真琴はもう一度屈んで、彼の顔を覗《のぞ》き込む。

「……桐谷さん？　分かりますか？」

桐谷が瞬《まばた》きをした。ぼんやりとした瞳に弱い光が宿る。

「……あ……あ」

「大丈夫ですか？　今お医者様を……」

桐谷が、かすかに首を振った。

「……知恵熱、みたいな、もの……だ……寝て、れば……治る……」

「でも……」

こんなに苦しそうなのに。少しでも楽に……と思ったところで、先ほど鈴音に渡された物を思い出した。

「……じゃあ、少し水分をとりましょう？　今持ってきますから」

桐谷の瞳が揺れた。どこか縋《すが》るような瞳に、ずきんと胸が痛くなる。

「……に」

「え？」

「い……て……くれ……」

真琴は目を見開いた。今、桐谷さんが言ったのは……

「はい、すぐ戻りますよ？　差し入れ買ってきてますから」

そう言うと、桐谷は少し安心したように真琴の手を離した。

真琴は立ち上がって、さっき落としたビニール袋を持ち、またソファに戻った。心臓がどくどくと音を立てている。

（さっき……）

袋の中からスポーツ飲料のペットボトルを取り出し、蓋《ふた》を開けた。少し首の後ろを支えて、桐谷の口元に飲み口を持っていく。ごくんと飲みこむ音がして、喉元が動いた。

——何気ない動きにも、目が離せない。真琴は嚥下《えんげ》のたびに動く喉ぼとけのあたりを、じっと見ていた。

（『傍《そば》にいてくれ』って言った……？）

何口か飲んだ後、また目を瞑《つむ》った桐谷の頭をそっとソファに下ろす。落ち着いた様子に、ほっと溜息が漏《も》れた。

——赤くなった顔を見られなくてよかった。

眠っている桐谷の顔は、いつもの鋭さがなくて、無防備で……何だか……

ふるふると頭を振って考えを中断した真琴は、ビニール袋の中身をテーブルの上に出した。

それから洗面室に行き、タオルを取って来る。まだ冷たいペットボトルをタオルで巻いて首元の近くに置くと、ふう、と熱っぽい吐息が桐谷の口から漏《も》れた。

(睫毛《まつげ》、長いわよね……)

本当に綺麗な顔。真琴はまじまじと桐谷を見た。

しっかりとした鼻筋に少し角ばった顎《あご》。こんなに弱っている状態でも、男らしいと感じるのは何故だろう。

(寝たら治るって言ってたけど……。こういうこと、よくあるのかしら)

図書館でのことを思うと、持病でもあるのかも知れない。とりあえず、夕月や神谷には伝えた方がいいだろう。そう思って腰を浮かした真琴の耳に、小さな呟《つぶや》きのような声が聞こえた。

「……っ、い、くな……」

(え?)

右手が何かを探すように動いている? 咄嗟《とっさ》に両手で桐谷の右手を握りしめると、彼はぎゅっと握り返してきた。

「……桐谷、さん?」

「……が、とど……かな……」

(うなされてる？　何て言って……)

聞き取ろうとして真琴が顔を近付けた時、桐谷がまた呟《つぶや》いた。

「……も、う……いかないで、くれ……」

——どくん……

真琴の心臓が跳ねた。うなされながら、誰かを探してる？

うっすらと目を開けた桐谷が、真琴の顔を見上げた。桐谷の指に力が入る。

「……すき、だ……」

「っ!?」

かあぁっと真琴の頬が熱くなった。どきどきと鼓動を打つ心臓の音が、耳元まで聞こえてくる。

真琴を見ていた目は、力尽きたように閉じられた。同時に手の指からも力が抜ける。

(い、今……好きだって言ったの!?)

確かにそう聞こえた。

穏やかな寝息を立て始めた桐谷を見ながら、真琴は軽くパニック状態になっていた。

(ど、どうして!?　だって桐谷さんには)

——なんでも、どこぞの美人に一目惚れしたらしいのです。

——その人に会えなくなって。それでまた、ぱったりとイメージが湧かなくなり、スランプに陥《おちい》ってしまった、というわけなのです。

ずくりとした重い痛みが胸を襲った。桐谷が好きだと言ったのは、もしかしたら。

(神谷さんが言ってた、会えなくなったって人のこと……?)

行かないでくれとも言っていた。あの縋《すが》るような目付き。

神谷の言葉が、繰り返し心の中で再生される。

「そんなに……」

好きだったんだ、その人のことが。

そして今でも忘れられないんだ。こんなにうなされるぐらい、ずっと思って……?

「桐谷さん……」

真琴は両手を桐谷の手から離し、呆然と床に座り込んだ。

「あ……れ?」

真琴は滲《にじ》んだ視界を振り払うように、ごしごしと目を擦った。

どうしてこんなに胸が痛いんだろう。どうしてこんなに……

しばらくの間、真琴はそのまま動くことができなかった。


――どれくらい、時間が経ったのか。

「……ん……」

桐谷が身じろぎをした。真琴はびくっと身体を引き、慌てて床から立ち上がる。

「……?」

ゆっくりと桐谷の目が開いた。先ほどまでの、茫洋《ぼうよう》とした様子はない。彼の視線は、真っ直ぐに真琴の瞳を射抜いている。

「……俺、は」

「あ、あの」

真琴はごくんと唾を呑み込んだ。

「き、桐谷さん、熱を出して倒れて……そ、それで冷やしていたんです」

桐谷がゆっくりと身体を起こす。彼はタオルに包まれたペットボトルを見て、もう一度、真琴の方を見た。

「ああ、済まない……また世話になったな。デザイン中に、たまにああなることがあって……」

「い、いえ……大丈夫だったら、いいんです……」

伏目がちに言葉を濁《にご》す真琴に、桐谷が眉を顰《ひそ》める。

「何か……」

言いかけた桐谷を遮《さえぎ》って、真琴は言った。

「す、すみません、もう行かないと……っ」

ぺこりとお辞儀をして、回れ右して、ドアに向かった。右手をドアノブにかけたところで、後ろから声が追いかけてくる。

「カードキーがないと開かないぞ」

背後に近づく気配がする。真琴は俯《うつむ》いたまま、背中を強張らせた。

――ピッ……


インターフォン下のパネルに、大きな手が銀色のカードをかざす。

カチャリ、と鍵が開く音がした。真琴がノブを押すと、扉が開く。

真琴は振り返り、すぐ傍《そば》にいる桐谷を見上げた。

「あの、体調には気をつけて下さい。あれ、鈴音ちゃんからの差し入れです。ちゃんと食べて飲んで、少しは休んで下さいね」

「鈴音が？」

桐谷の視線が鋭くなった。

真琴はもう一度頭を下げて、桐谷の視線を避けるように、そそくさと部屋を後にした。

＊＊＊

会社から戻り、真琴はジャージ生地のワンピースに着替えて兄の部屋のドアを開けた。

「只今戻りました、お兄様……拓実さん？」

ベッドに腰掛けた兄と、その足元にしゃがみ込む、白いユニフォームを着た拓実の姿があった。

「おかえり、真琴ちゃん」

にこっと笑った拓実が立ち上がる。

理学療法士兼整体師の拓実は、身長こそ兄とほぼ同じくらいだが、元ラガーマンだけあり、しっかりと筋肉のついた身体つきをしていた。兄をしっかりと支えることが出来る拓実を、真琴はいつも頼りにしていた。

「今日から泊まり込みでリハビリに付き合うことになったんだ。こいつ、やる気出してるしね」

真琴は目を丸くして広海を見た。ようやく起き上がれるようになったばかりなのに。

「お兄様？」

ぶすっとした表情の広海は、真琴から顔を背けて言った。

「お前にばかり負担をかけさせるわけにはいかないだろうが。元々俺の仕事だったんだ」

からからと拓実が笑い、真琴にウィンクする。

「こんなこと言ってるけど、真琴ちゃんが心配なんだよ、こいつ。慣れない仕事、いつも家に持ち帰って頑張ってるんだろ？　無理してないかって、俺にもウルサイのなんの」

「えっ」

横を向いた広海の頬が心なしか紅潮している。ふわりと茶色の髪が額《ひたい》に掛かっているさまは、いつもは鋭い兄の表情を柔らかく見せていた。

真琴が両腕に抱えている分厚いバインダーを見て、拓実が言う。

「真琴ちゃんも無理しないように。身体壊しちゃ元も子もないからね？」

真琴はふふっと笑みを浮かべた。

「ありがとうございます、拓実さん、お兄様。私は大丈夫。聡美さんの方が大変なぐらいだもの、これくらいは頑張らなくっちゃ」

真琴は部屋の中央にある四角いテーブルにバインダーを置いた。

どうやら、拓実はこの部屋で寝るらしく、兄のベッドの傍《そば》に折り畳み式の簡易ベッドが運ばれている。大きめのスーツケースも近くに置いてあった。

「お兄様、議事録とプロジェクト報告書を確認して下さいね？　私も部屋に戻って書類を確認するわ」

「ああ、分かった。……それから真琴」

「はい？」

ストライプのパジャマ姿の広海の目が、すっと細くなった。

「……桐谷はお前に何もしてないだろうな？」

「っ！」

ひゅっと一瞬息を吸った真琴だったが、鋭い兄の視線に何とか耐え抜いた。

「だ、大丈夫よ。ものすごい勢いでデザインを描いているの。今日は熱が出て、体調が悪そうだったけれど」

――いかないで、くれ……すき、だ……

また胸の奥がずきずきと痛くなる。彼の言葉が、心の中に重く深く沈んでいく。

思わず目を伏せた真琴に、広海が声を荒らげた。

「真琴!?　まさか、あいつ」

真琴は慌てて右手を横に振った。

「何でもないの。心配ないわ、お兄様。桐谷さんには、好きな人がいるって」

「何？」

広海が目を見開く。真琴は慎重に言葉を選びながら話した。

「桐谷さん、好きな人がいたんだけど、その人に会えなくなってスランプになったたって。神谷さんがそう言ってたわ」

一拍後、広海が無表情に近い顔で真琴を見た。

「本人がそう言ったのか？　好きな奴がいるって？」

「え……え」

熱にうなされていたけれど、あれはそういう意味だと思う。誰かを探して、縋《すが》って……

真琴は何かを堪《こら》えるように胸に握り拳《こぶし》を当てた。

「真琴、お前――」

言いかけた広海を、すっと節くれだった大きな手が制した。広海が自分の傍《そば》に立つ拓実を上目遣いに睨む。

「まあまあ、落ち着けよ。真琴ちゃんだって、もう大人なんだぜ？　いつまでもお前が囲い込んでちゃダメだろうが」

「大きなお世話だ、拓実」

ふうと溜息をついて、両手のひらを天に向けた拓実は、おどけた表情を浮かべた。

「真琴ちゃん、こんなシスコンの兄貴の面倒を見られる男って、俺ぐらいしかいないよ？　どう、俺と付き合わない？」

「えっ」

「拓実!?」

拓実は広海と真琴を交互に見ながら、にこやかに話を続ける。

「お前みたいな腹黒で根性悪な奴の妹とは思えないぐらい、真琴ちゃんはいい子だしさ。大事にするよ、俺」

固まってしまった真琴に対し、広海はぎりっと歯を食いしばった。握り締めた拳《こぶし》に筋が立っている。

「お前、いい度胸だな。そんなに殴られたいか」

広海の顔を見て、拓実がくすくすと笑う。

「動かない身体で何言ってる。お前はまず、自分の身体を治すところからだ。俺を殴りたければちゃんとリハビリに専念しろよな」

「拓実さん……」

ちっと舌打ちをしつつも、広海はゆっくりとベッドに背を預けた。

わざとああいう言い方をして、兄を牽制《けんせい》してくれたんだ。真琴は拓実にぺこりと頭を下げた。

「兄をお願いしますね、拓実さん。……お兄様も無理はしないで。私、このプロジェクトにかかわれたこと、誇りに思ってる。あんな素敵なデザインを生み出す現場に立ち会えたんだもの、自分に出来る限りのことをしたいの」

そう、最初はただの身代わりだった。でも、皆と一緒に取り組んでいくうちに、本当にプロジェクトの一員になることができた。

そしてあのデザイン。あれをこの世に送り出すために皆が必死になっている。自分に出来ることは少ないけれど、それでも何かの役に立ちたい。

「真琴」

胸の痛みを抱えつつも、真琴は広海に微笑んだ。

「ちゃんとお兄様が戻ってくるまで、頑張るから。だから、アドバイスをちょうだいね?」

そう言った真琴の顔をしげしげと見つめた広海は、やがて溜息をつきつつうなずいたのだった。

＊＊＊

「……なあ、広海。桐谷ってのが、お前が前に言ってた男か? 真琴ちゃんに惚れたっていう」

「ああ」

真琴が部屋を出て行ってからも、広海はじっと考え込んでいた。

(あの男が真琴の他に?)

——パーティーでじっと真琴を見つめていたあの瞳。このまま真琴を連れ去ってどこかに閉じ込めたい、そんな視線だった。あの執着心が他に向くだと?

「……ありえん」

だからこそ、真琴が気づく前にあの男から隠したのだから。

あいつにとって、真琴をどうにかするぐらい、赤子の手をひねるようなものだろう。優しい真琴が抵抗できるとも思えない。

厳しい表情を崩さない広海に、拓実が溜息混じりに言った。

「あのな、広海。お前、今まで真琴ちゃんに近付こうとするヤロー共、ことごとく闇に葬《ほうむ》り去っただろうが。だから真琴ちゃんは恋愛経験がないままここまで来てる」

「死んだ母さんに真琴を守ると約束したからな。当たり前だ」

じろりと睨む広海に、しかし拓実は臆《おく》さなかった。

「要するに、その男に他に好きな女がいるってのは、恋愛関係に疎《うと》い真琴ちゃんの勘違いだろ。いいのか、そのままにしておいて。真琴ちゃんが辛い思いをするんじゃないのか？」

拓実の言葉にも広海は動じなかった。

「その前にあいつから引き離す。あんな激しい女性遍歴の持ち主より、もっと真琴に相応《ふさわ》しい男がいるはずだ。だからリハビリに協力しろと言っている」

お前もたいがいだよなあ、と拓実は天を仰いだ。

「こんな一癖も二癖もある男共に囲まれている真琴ちゃんが気の毒だよな……」

「俺を一緒にするな」

「へいへい」

広海の足元に上掛けを掛けてやりながら、拓実はくすりと笑った。

「まあ、心配だったら俺が様子見に行ってやるから。お前はもう少し力を抜けよ」

「拓実」

「お前が無理して体調崩したら、それこそ真琴ちゃんが悲しむぞ」

真琴を持ち出されると弱い。拓実の冷静な言葉に、広海は渋々ながらもうなずいた。

そんな広海に拓実は、またからからと高笑いをしたのだった。

九　王子の従者と獣の対峙

「専務。一般募集の広告デザインの大枠が決まりました。ご確認をお願いいたします」

やや頬を赤く染めた祥子が、真琴の机に何枚かの書類を置いた。真琴は手を止め、それを手に取る。

明るく華やかな雰囲気のもの。貴族的な雰囲気のもの。滑《なめ》らかなカーブを描くロゴが綺麗で、どれも心躍るようなデザインだった。

「掲載する雑誌によって、何点か違うパターンを採用するのもいいね。どれも応募したくなるような出来栄《できば》えだ」

真琴が褒めると、ぱっと祥子の表情が明るくなった。

「ありがとうございます！　このデザイン、ショウさんにも褒めて頂いて」

ショウの名に、真琴の胸がずきんと痛む。

あれから十日間、ヴェルヴに——あの部屋には行っていない。もちろん溜まっていた社内業務をこなしているせいでもあるが、桐谷の顔を見たら思い出してしまいそうになるのだ。あの時の、縋《すが》るような声を、目付きを。

黙った真琴に、祥子が言葉を続けた。

「専務は今日もヴェルヴにはいらっしゃらないんですか？　神谷さんが『高階専務が来て下さらないと、ショウの機嫌が悪い』って溜息ついていました」

モデルになるって約束をしたのに。

ヴェルヴでの会議は聡美に任せっきり。会社のスマホにもメールをもらったが、『社内業務が忙しいので、申し訳ない』と素っ気ない返事をしただけだ。

胸の奥のつきんとした痛みを隠して真琴は微笑んだ。

「そ……うだね。こちらの仕事が片付いたら顔を出す、と神谷さんに伝えてもらえるかな」

「はい！　では、私は先に行きますね」

ぺこりとお辞儀をして祥子が専務室を出て行く。一人になった真琴は、はあと深い溜息をついた。

しばらくして、約束通り真琴はヴェルヴ本社を訪れた。

「まあ、高階専務！　よくいらして下さいました。もう、ショウが拗《す》ねて拗《す》ねて」

神谷の熱烈歓迎を受けた真琴は、はははと乾いた笑いを浮かべた。

会議が終わった聡美は入れ替わりで社に戻ったらしい。躊躇《ためら》いつつも、あの部屋のインターフォンを押した。

部屋のドアを内側から開けた省吾は、無言で真琴を見下ろした。

今日の真琴の格好は、明るいグレー地に白のストライプのスーツ。場違いな格好でもしてきてしまったかと言葉に詰まりつつ、真琴は頭を下げて会釈《えしゃく》した。

「……失礼、します……」

背後で、かしゃんとロック音がする。真琴は以前よりますます散らかったトレース台や作業机を見た。

今日の省吾は、この前のようによれよれではなかった。相変わらずノーネクタイに第二ボタン開けだが、無精ひげも生えていない。

「この前は済まなかった。手間を掛けさせたな」

後ろから話し掛けられて、びくっと真琴の肩が揺れた。振り返ろうとした瞬間、後ろから抱き締められる。

「っ、桐谷さんっ⁉」

首筋に熱い息が掛かる。力強い腕に囚《とら》われて、身動きが出来ない。耳たぶを甘く噛まれて、背筋がぞくぞくと震えた。

「この前、何があった？　俺は何も覚えていないが、何か言ったのか？」

「な、なに……も」

――誰かを探していたなんて、誰かを好きだと言っていたなんて。言えない……

俯《うつむ》いた真琴を、低い声が追い詰める。

「あの日から来なくなったのは偶然なのか？」

背中から感じる熱が真琴の思考を奪っていく。口の中がからからに乾いている。

真琴は何とか舌を動かした。

「っ、その、社内決裁が溜まっていて」

ぐいと肩を掴《つか》まれた真琴の身体が反転する。息が掛かるほど近くにある瞳とぶつかる。

囚《とら》われる。囚《とら》われてしまう。

ただじっと見下ろしているだけの瞳の強さに、まったく身動きが出来なくなった。

「なら、何故俺を見ようとしない？　さっきから避けてるだろうが」

「そ、れは」

――胸の奥が痛いから。好きな人に会えなくなって、スランプに陥《おちい》ったというあなたを見るのが。

『綺麗な声だ』と微笑んだあなたを思い出すのが……

「その……私」

言葉が出ない。喉に何かが詰まっているようだ。

そんな真琴を見て、桐谷がぐっと口元を引き締めた。

「……もういい」

「きり……、や、んぅっ！」

いきなり重ねられた唇に、真琴の目が大きく見開く。

桐谷も目を閉じていない。長い睫《まつ》毛《げ》の下、伏し目がちな瞳が真琴を射抜いていた。

ちりっと下唇に刺激が走る。強引に動く舌と唇に、目を開けていられなくなった。

「んっ……は、あっ」

背中に感じる腕が熱い。抱き締められて、逃げ場がなくなった真琴を、桐谷が容赦なく責め立てた。擦れる唇も熱い。舌の粘膜がねっとりと絡み合う。

足の力が抜け、桐谷にもたれかかった真琴の腰を大きな手が掴《つか》む。

「はっ、あっ……んんっ」

スーツの上着がするりと脱げた。何も考えられず、ぼうっとした真琴からネクタイが取り去られる。ふわっと身体が浮いたかと思うと、もう次に気が付いた時には柔らかなソファの上に寝かされていた。

「桐、谷さ」

真琴の喉元をはだけた桐谷が、そこにそっとキスを落とし、そのままその下の肌へと唇を這《は》わせた。鎖骨《さこつ》と巻いたさらしの間を、なぞるように舌が動く。

「ん、やっ……ああ！」

ちゅくりと吸われる音がした。肌を甘噛みされて、思わず声が漏《も》れる。

聞いたことのない自分の声。まるで……

「甘い声だ。もっとしてほしいのか？」

「ちがっ」

真琴の声を無視して、桐谷はさらしを留めている包帯留めを取った。布地が緩《ゆる》み、少しずつ肌が露《あら》わになっていく。

「綺麗な肌だ。きめが細かくてしっとりと滑《なめ》らかで。このままずっと触っていたくなる」

温かい指がすっと文字を書くように肌の上を滑る。その動きに真琴はぶるりと肩を震わせた。

「きり、や」

「何故、俺を避ける？」

低くて甘い声は逃げることを許さない。

「だ、って」

痛いから。胸が痛くて堪《たま》らないから。だから――

真琴はごくんと唾を呑み込み、真正面を向く。

「……ごめん、なさい」

「……」

「私……」

――無機質なチャイムの音が真琴の言葉を切り裂いた。桐谷が顔を上げ、ドアの方を見た。

『ちょっと、ショウ⁉ ここを開けて頂戴！』

神谷の甲高い声が部屋に響く。ちっ、と桐谷が舌打ちをした。

「瞳のやつ、邪魔するなと言っておいたのに」

さっと真琴の襟を合わせた桐谷がソファから立ち上がり、ドアへと向かった。インターフォンのボタンを押そうとした指が、神谷の声に止まる。

『高階専務にお客様が来られるの。なんでも、妹さんのことで話があるって』

「えっ⁉」

どくんと心臓が動いた。妹のこと――つまり、兄のことだ。兄に何か。全身からさっと血の気が引く。

真琴は急いで身体を起こし、緩《ゆる》められたさらしを留め直した。

「わっ、私っ、行かないと」

立ち上がった真琴に、桐谷がワイシャツを整えて上着を着せ、ネクタイを締めた。

「慌てるな。足元ふらついてるぞ」

桐谷は真琴の右の二の腕を掴《つか》み、カードキーでドアを開け、そのまま真琴を引き摺るように外に出た。

黒いパンツスーツを着た神谷が、桐谷を見て片眉を上げたが、すぐに真琴に向き直って言う。

「お客様は受付に来られてるわ。すぐに行って差し上げて下さい」

「分かりました、ありがとう神谷さん」

「ほら、行くぞ」

会釈《えしゃく》して歩き出そうとした真琴よりも、桐谷の動きの方が早かった。彼は真琴の腕を引っ張りながら、布が山積みの机の間を抜けていく。

「桐谷、さん」

「いいから、付いて来い。一番近道はこっちだ」

桐谷は真琴の腕を掴《つか》んだまま、早足で歩く。真琴も必死にそのペースに合わせて小走りで付いて行った。

息を切らせながら真琴が受付に着くと、受付カウンター横にあるソファから一人の男性が立ち上がった。

やあ、と右手を上げていたのは、白のジャケットにチェック柄のシャツ、そしてジーパンを穿いた拓実だった。

「拓実さん！」

桐谷の腕を振り払うように駆け出した真琴は、慌てて拓実に近付き、彼の左腕を掴《つか》む。拓実はちらと真琴の後ろを見た後、「少し様子を見に来たんだ、広海の」と微笑んだ。

「あの、おに……妹になにか」

焦る真琴に拓実は、「ああ、真琴ちゃんなら大丈夫」とウィンクした。

「あんまりリハビリ頑張り過ぎるからさ、俺が休みをもらって出て来たんだ。そうすりゃ強制的に休むしかないだろ？　今頃ぐっすり寝てると思うよ」

「そう、ですか」

真琴はほっと溜息をついた。

よかった、容態が悪化したのかと思った。ふうっと身体の力が抜けた真琴の肩に、拓実の大きな腕が回った。

「だからさ、たまにはお前とじっくり話をしようと思ってさ。真琴ちゃんのいないところで」

「えっ？　拓――」

ぐいっと肩を抱き寄せられた真琴は目を瞬《またた》かせたが、『真琴ちゃんのいないところで』の言葉に口をつぐんだ。

（もしかして、お兄様に内緒で何か私に？）

家で広海に知られないように話をするのは難しい。だから、ここに来たのだろうか？

戸惑う真琴の耳に、地獄の底を這《は》うような低い声が届く。

「……そちらは？」

真琴の肩を抱く拓実を見る、鋭い桐谷の目。底知れない恐怖を感じた真琴は、ぶるりと身体を震わせた。拓実は真琴を抱き寄せたまま、にっこりと大らかな笑顔を見せる。

「初めまして、桐谷……社長ですよね？　俺は高階広海の学生時代からの友人で、角田拓実と言います。よろしく」

「……桐谷だ。よろしく」

浴びせられる視線が冷たい。傍《はた》から見れば、拓実が友人の肩を抱いているだけの光景。なのに、桐谷から発せられる雰囲気は、極寒以外の何ものではなかった。

「いやー、真琴ちゃんのリハビリ兼ねて、今こいつの家に住み込みで働いてるんですよ。あ、俺、理学療法士なんで」

ぴくりと桐谷の眉が動いた。拓実はにこにこと桐谷の様子にお構いなしに話し続ける。

「なので、ちょっとこいつ借りますよ。真琴ちゃんのことで、緊急の相談をしたいんです。な、広海？」

「あ……ああ」

身じろぎ一つしない桐谷が気になるが、拓実の話も聞かなければ。

真琴は無表情の桐谷に、「今日はこれで失礼します。モデルの件はまた後日」とお辞儀した。

何も言わず、こちらをじっと見つめている桐谷がコワイ。

(き、桐谷さん……？)

真琴の口元が引き攣《つ》ったが、拓実はまったく意に介していなかった。

「じゃ、そういうことで。行こうか広海」

拓実に肩を組まれたまま引っ張られた真琴は、その場で立ちすくむ桐谷の視線を、背中にずっと感じていた。


拓実が連れて来てくれたのは、地下一階にあるカフェレストラン。穴倉をイメージしているのか、やや薄暗い店内に、ぼんやりと温かいランプの光が揺らめいている。壁も岩穴を掘ったようなごつごつした感じで、各テーブル一つ一つが洞穴のなかにあるような造りだ。

真琴は四人掛けのテーブルを挟んで、拓実の真正面に座った。

「感じのいいお店ですね、拓実さん」

「ほら、穴の中で二人っきり、みたいなムードで楽しいだろ？　人目も気にしなくていいしね」

向かいに座った拓実が楽しそうに言う。

真琴はダージリンとマフィンを、拓実はモカコーヒーにサンドウィッチを頼んだ。

「……ねえ、真琴ちゃん？」

「はい」

真琴はティーカップをテーブルに置いた。しばらく他愛ない話を続けていたのだが、そろそろ本題に入るのだろうか。

拓実が真琴の瞳をじっと見つめる。

「桐谷社長。彼のこと、どう思ってる？」

「えっ!?」

突然の質問に、真琴の息が止まった。

なにも見逃さないと言わんばかりの拓実の視線を浴びながら、真琴は慎重に答えた。

「どう、と言われて……も」

図書館で淡い憧れを抱いていた相手。今は見ているだけで胸が痛くなって、どきどきして。

どう思ってる？

熱くなった頬を隠すように俯《うつむ》いた真琴を見て、はは、と拓実は笑った。

「スーツ姿でもじもじしてるのって、なんか堪《たま》らないよなあ。困った顔してるね、真琴ちゃん。そういう顔も可愛いんだけどさ」

なんせ、広海《アイツ》がさあ……と拓実は言葉を継ぐ。

「真琴ちゃんのこと、すごく心配してるんだよ。自分の代わりをさせて、無理させて、その上、あの男に迫られてるんじゃあね？」

「……っ！」

ぱっと真琴が顔を上げると、拓実がうんうんと首を縦に振っていた。

「アイツ、前からあの男のこと、気に食わないって言ってるしね。可愛い妹が傍《そば》にいるってだけでも腹立たしいんだよ」

「お兄様、前に桐谷さんと何かあったんですか？　私にも気をつけろって、そればっかり……」

真琴が尋ねると、拓実は指で鼻の頭を掻《か》いた。

「何かあった、というより、本能的回避なんだろうな。真琴ちゃん大事な広海にとって、あの男は脅威になる——そう思ってるんだよ」

(お兄様……)

いつも自分のことを心配してくれている兄。その兄にも言っていないこと。

さっき唇が這《は》った部分が熱く感じて、真琴はそっと鎖骨《さこつ》のあたりを手で押さえた。

「ねえ、真琴ちゃん」

拓実の瞳は真剣だった。

「真琴ちゃん、嫌じゃないんだよね？　桐谷と一緒にいることは」

嫌、ではない。それはすぐに分かる。でも、どうしたらいいのか分からなくて、もやもやして。もっと自分に恋愛経験があったら、こんなにおろおろしなくても済んだかも知れないのに。自分で自分が嫌になってしまう。

「嫌、じゃないです……でも」

あの人には好きな人がいる。そう思うだけで胸がじくじくと痛い。

そっと目を伏せた真琴の顔をじっと見ていた拓実は、なるほどねえ、と両手で真琴の手を握った。

「真琴ちゃんが嫌でないならいいんだよ。でも、あの男のせいで真琴ちゃんが傷付くなら、広海も許さないいし、俺も許さない」

「拓実さん」

じわりと拓実の温かさが手から伝わってくる。穏やかで優しい笑顔。いつも拓実はこうだった。行き過ぎる兄に忠告してくれたり、自分を励ましてくれたり。温かくて優しい人。

「だから、真琴ちゃんが今の仕事を続けたいならそうすればいい。何かあればすぐに言ってくれ。相談に乗るから。ああ、事と次第によっては、広海にも話さないよ」

広海にも話さない——兄が知ったら激怒するに決まっているセリフを、拓実はさらりと口にした。自分のことを気遣ってくれているのだ。拓実の思いやりに、胸が温かくなった。

「ありがとうございます、拓実さん。私、このまま頑張ってみます」

真琴が微笑むと、拓実も嬉しそうにうなずいた。

間章　妹は兄に釘を刺す

「久しぶりよね、お兄ちゃんが私の仕事部屋に来るなんて」

奥の机に座っていた鈴音は、くるりと回転椅子を回して突然訪ねてきた兄を見た。

省吾はズラリと並んだ本棚に目をやり、「勉強してるか、たまにはチェックしないといけないだろうが」と呟《つぶや》く。

鈴音はトレーナー生地のパジャマを着込んでいた。リボンといちごの柄、『Berry ＊ Kiss』のパジャマだ。

――高級マンションのワンフロア。学生時代からやっていた投資で儲《もう》けた際に、省吾はこのフロアごと購入していた。四部屋あるうち、一番広い角部屋を自分の住居に、あとは賃貸にして運用しているが、鈴音が高校三年になった時、隣の部屋を勉強部屋として借りたい、と言ってきた。

省吾に異論はなく、両親も『省吾の隣の部屋』ということで、あっさりと承諾してくれた。おかげで鈴音は一番広い寝室を勉強部屋に、広いリビングはそのままにと、気ままに生活している。

勉強部屋には、両方の壁一面に本がぎっしり詰まった本棚と、一番奥には広い勉強机があった。部屋の真ん中にある赤色のカウチングソファでうたた寝している鈴音を何度も見ている。テスト期間中は友人達がここに泊まり、勉強会もしているらしい……が。

（ん？）

省吾はソファの前にあるローテーブルの上に、でんと置かれた段ボールに目を留めた。蓋《ふた》はすでに開いている。が、そこに貼られた伝票の配送元に嫌な予感がした。

「……おい、鈴音」

「なあに、お兄ちゃん？」

可愛らしい声に騙《だま》されてはいけない。省吾は厳しい視線を鈴音に投げた。

「何だ？　これは」

「あー、それ？」

鈴音はぴょんと椅子から立ち上がると、省吾の隣に立ち、段ボールの蓋《ふた》を開けて中身を説明しだした。

「小説の資料だよ～？　これが、スタンガンでしょー？　こっちが警棒で、こっちが痴漢《ちかん》撃退用のスプレーやボール……それでもって」

だんだん顔が引き攣《つ》るのが分かる。省吾を無視して、鈴音の嬉々とした説明が続く。

「これが革の鞭《むち》で～、こっちが蝋燭《ろうそく》。熱くなくて、火傷《やけど》しないんだって。すごいよねえ、手作り和《わ》蝋燭《ろうそく》なんだよ。で、こっちが、縛っても身体に痕《あと》が残りにくい紐」

「……」

「さすがにお父さんお母さんには見せられないから、編集の秋田《あきた》さんに頼んで買ってもらっちゃった」

「……」

「やっぱり実物あると、書くの楽だわ～。持った感じとかリアルに表現できるし。鞭《むち》のしなり具合とか、紐の縛り具合とか――」

「……鈴音……」

頭を抱えた省吾は、唸《うな》るように言った。

「あの可愛かったお前が……っ、どうしてこんなに穢《けが》れてしまったんだっ……!!」

「んま！　失礼ね、お兄ちゃん!!」

ぷくっと頬を膨らませて、鈴音は言った。

「穢《けが》れてなんかいないわよっ！　ちょっと腐ってるだけよっ！」

「同じだろうがっ!!」

「違うわよ！　清い乙女なんだから一緒にしないでっ!!」

ちょっと人より腐《フ》ィルターがかかってて、妄想力豊かなだけだ、人様に迷惑かけてるわけじゃないとぶつくさ言う妹に、省吾は思わず遠い目になった。

鈴音の好きなもので創った『Berry ＊ Kiss』ブランド。あれと妹の中身が著《いちじる》しく乖離《かいり》してきている……省吾は深い溜息をついた。

そんな省吾を、鈴音は残念そうな顔付きで見上げる。

「本当お兄ちゃんって、派手な見かけと違うよね、中身が。外見だけだったら、もっとぶっ飛んでいそうなのに」

「悪いか」

「仕事ができて、金持ちで、背が高くて、ハンサムで、強引そうで、ハイスペックなのに」

「……」

「その実、仕事人間で、超真面目で、繊細だし。女の人が続かないわけだよね、彼女より仕事取っちゃうんだもの」

遠慮のない妹にかかっては、ずたぼろになる兄である。鈴音は続けて遠慮なく言った。

「で？　本命の真琴お姉さんに告白したの？」

うっと言葉に詰まった省吾に、「あーまだなんだ……」と鈴音が溜息をついた。

「知らないわよ。前にも言ったけど、真琴お姉さん、結構鈍いから。あれ、広海お兄さんの仕業なんでしょ？　真琴お姉さんから広海お兄さんのこと聞いたことあるけど、すっごく過保護みたいだし。あれじゃ真琴お姉さん、恋人作れなかったよね、きっと。微妙な恋愛の機微《きび》なんて、分からないと思うよ？」

「……」

パーティーで省吾を一目見た途端、彼女の周囲をガードした兄の過保護さは、自分が一番よく分かっていた。だからこそ、安易に彼女に近付ける男はそうそういないと思っていたのだが。

(角田拓実、と言ったか)

彼女の肩を抱き寄せて、親しげに話していた男。

短く刈り込んだ髪に広い肩幅。おそらく何かスポーツをしていたのだろう。彼女の肩に回された腕も太く、肩のあたりの筋肉も盛り上がっていた。

(彼女は嫌がっていなかった)

自分が抱き寄せると、あれだけ警戒する彼女が、あの男に対しては警戒のけの字も見せなかった。

彼女が自分の手を振り払って、あの男に駆け寄った時、心に大きな氷塊が落ちて来たような衝撃を受けた。しかも、あの兄の友人で、家に滞在しているという。

それは、彼女に近付くことをあの兄が許している、というわけで。

郵便はがき

料金受取人払郵便

渋谷局承認

9400

差出有効期間
平成30年10月
14日まで

1508701

039

東京都渋谷区恵比寿4−20−3
恵比寿ガーデンプレイスタワー5F
恵比寿ガーデンプレイス郵便局
私書箱第5057号

株式会社アルファポリス
編集部 行

お名前	
ご住所 〒	TEL

※ご記入頂いた個人情報は上記編集部からのお知らせ及びアンケートの集計目的以外には使用いたしません。

ご愛読誠にありがとうございます。

読者カード

●ご購入作品名

●この本をどこでお知りになりましたか？

年齢　　歳　　　　性別　　男・女

ご職業　1.学生（大・高・中・小・その他）　2.会社員　3.公務員
4.教員　5.会社経営　6.自営業　7.主婦　8.その他（　　　）

●ご意見、ご感想などありましたら、是非お聞かせ下さい。

●ご感想を広告等、書籍のPRに使わせていただいてもよろしいですか？
※ご使用させて頂く場合は、文章を省略・編集させて頂くことがございます。
（実名で可・匿名で可・不可）

●ご協力ありがとうございました。今後の参考にさせていただきます。

（あの兄が認めているなら、手ごわい相手になる）

図書館で真琴に迫らなかったのは、真琴の評判を考慮したからだった。

お堅い公共機関で悪評が立てば、即座にあの兄が出てきて保護し、笑顔で本を読む彼女が見られなくなるに違いない。そう思って我慢していた。

パーティーではあの兄に悉《ことごと》く邪魔をされた。そうこうしているうちに、鈴音がボランティアで図書館に通うようになったため、図書館に行く頻度を減らしたところに――あの事故だ。何ヶ月も会えなくなって、ようやく再会し、二人きりで過ごせる時間を確保したというのに、また邪魔が入るのか。

じりじりする焦りを内心感じている省吾に、鈴音はあっさりと言った。

「だから、ちゃんと本人に告白しないとだめでしょ、お兄ちゃん。ただでさえ、色んな女とっかえひっかえしてるって思われてるかも知れないのに」

「……分かってる」

こちらの分が悪いのは重々承知だ。向こうから迫られたとはいえ、付き合った相手が何人もいたことは事実なのだから。

だからといって、引き下がる気は更々ないが。

口元を強張らせた省吾を見て、鈴音は「まだまだだよねえ……」と大げさに溜息をついた。

十　王子の決断と獣の心

『高階専務、本日こちらに来て頂けますか？　ショウがあらかたデザインの構想を終えたそうで、是非専務のご意見を伺いたいと申しておりますの』

神谷の呼び出しに応じて、真琴は聡美とヴェルヴに出向いた。

いつものデザイン室ではなく、社長室横の会議室に通された二人は、長机に並んで座る。その場には、桐谷、神谷、夕月だけでなく、先に向かった荒木と祥子もいた。

真琴が桐谷の目の前に座ると、桐谷はぎらぎらした瞳を真琴に向けた。

先日、何故桐谷を避けているのかきちんと返事をしていないので、それを責めているのだろう。

だが、今はそんなことを気にしていてはいけない。

真琴はごくりと唾を呑みながらも、表情を変えずに桐谷を見た。

「では、皆さま。お手元のバインダーを開けて内容をご確認ください」

桐谷の隣に座った神谷が、声を掛ける。真琴は目の前に置かれた青色のバインダーを手に持ち、表紙を開けた。

――どくん……

真琴の心臓が大きく動いた。

そこにあったのは、あの部屋で描かれたデザインを清書したものだった。

「これはっ……！」

唸《うな》るような声を出したのは、荒木だった。祥子も目を奪われたようで、次から次へとページをめくっている。

真琴は桐谷の視線を感じながらも、デザイン画を見ていく。

——柔らかな曲線を描くドレープ。布の質感を重視した裾《すそ》のカット。スーツだけでなく、スカート、ブラウスといった単品もある。

職場で着ても派手すぎないが、上品で大人可愛い雰囲気のデザイン。『Berry ＊ Kiss』のようなモチーフがあるわけではない。だが、どのデザインにも共通して言えること、それは——

「今までのショウの作品とは違いますが、このプロジェクトに相応《ふさわ》しい素晴らしいデザインだと思います」

そう、若者向けのデザインばかりだったショウの作品ではない、ということ。このデザインなら、もっと幅広い年齢層の女性に受け入れられるはず。

真琴がそう言うと、荒木が大きくうなずいた。

「ええ、このプロジェクトがターゲットにしている年代の女性にぴったりであるばかりか、『今までのショウとは違う』点も売りに出来るはずです」

「これはいけますよ！　私もこんなワンピ、着てみたいです！」

興奮のせいか、祥子の声も上擦《うわず》っていた。

ぱらぱらと続けてページをめくる真琴の手が、あるページでぴたりと止まった。荒木も祥子も息を呑んでいる。

(このドレス……!)

——一枚だけあったウェディングドレスのデザイン画。男性のスーツも描き足され、より一層華やかに見える。

「……桐谷社長。今回ブライダルシリーズも発表するおつもりですか!?」

荒木が声を上げると、桐谷の顔から表情が消えた。

「そうなんです、素晴らしいでしょう? そのドレス」

神谷がここぞという勢いで荒木に畳みかける。祥子が嬉々とした声を出した。

「ええ、素敵です! このドレスを着て結婚式を挙げたい女性、たくさんいますよ!」

祥子もうなずく。神谷はちらと桐谷を横目で見た。だが、彼の表情は動かない。

(何……?)

さっきまで、真琴をじっと熱く見つめていた瞳が、何かに覆《おお》われたかのように読めなくなっていた。

「……高階専務はどう思われました? あのデザインは」

神谷の問いに、真琴は一瞬言葉に詰まった。

「あ、の……とても……」

なんだろう。とても素晴らしい作品なのに、あのデザインだけは他と違う気がした。

そう、何かが違う。

真琴は息を吐いて、真っ直ぐに神谷を見た。

「……綺麗です。ですが――」

真琴は桐谷にも目をやった。

何の感情も映していない瞳。今の彼の反応を見るかぎり、きっと。

「桐谷さんが望まないなら……発表しなくてもいい、と思います」

桐谷の目が大きく見開かれた。神谷は息を呑み、神谷の右隣に座る夕月は、右手で眼鏡のフレームを少し上げた。

「専務!? こんな素晴らしいデザイン、発表したくないなんて、あり得ませんよ!?」

祥子がびっくりしたように叫ぶ。荒木も、真琴の真意を汲みかねるように眉を顰《ひそ》めた。

「何故、そう思われました？」

夕月の冷静な声に、真琴は夕月に視線を移した。眼鏡の奥の瞳の色までは分からない。

「……桐谷さんが、公表したがっているように見えないからです。きっと桐谷さんにとって、あのデザインは他とは違い、『特別』なものなのだと、そう思いました」

真琴は言葉を切り、桐谷を真っ直ぐに見る。

「大切なら、大事にして頂いていいんです。桐谷さんの気持ちをないがしろにしてまで発表しても、意味がありませんから」

会議室を沈黙が支配した。誰も何も言わない。

真琴を見る桐谷の瞳が、一瞬揺れた。

……やがて、ふふふっとと笑う声がした。

「……参りましたわ、高階専務。あれは、私が桐谷に無理を言ってバインダーに入れさせたんです」

「えっ」

荒木と祥子が息を呑む。神谷の猫のような瞳が、真琴を捉えた。

「高階専務がこのデザインを気に入って、発表するとおっしゃれば、桐谷は公表を検討すると言いましたから」

「え？」

「でも……」

溜息交じりに神谷が言う。

「高階専務がそうおっしゃるのであれば、仕方ありませんね」

約束ですから、と神谷が残念そうに言葉を続ける。

「こんなに素晴らしいデザインなのに、もうこれは着る人が決まってる、だからショーには公表しない、の一点張りだったんです。頑固なんですよね、そういうところ」

神谷は桐谷を見て、バインダーを取り上げた。

「でもこれは、作らせてもらうわよ？　このデザインを二次元に閉じ込めたままにするなんて、罪だから」

「神谷さん……」

神谷は真琴を見て、笑った。

「そんなに心配そうな顔をしなくても、桐谷がうんと言うまでは発表しませんよ？　まあ、一縷《いちる》の望みにかけるって感じですけど」

私、往生際《おうじょうぎわ》が悪いんですと笑う神谷に、夕月は溜息をついていた。


会議が終わるや否や、真琴の二の腕は桐谷にがしりと掴《つか》まれた。

「高階専務。もう少し、あなたの意見が聞きたい。社長室に来てほしい」

「桐谷さ――」

強引な口調に真琴が戸惑っていると、聡美が桐谷の前に立った。

「桐谷社長。この後専務にはご予定がありますの。あまり長い時間は困ります」

桐谷は聡美を見下ろし、「三十分でいい。時間が来たらインターフォンを鳴らしてくれ」と言った。

聡美もそれ以上は口を挟めず、黙って頭を下げる。桐谷は真琴を連れ、隣の社長室へと早足で歩いていった。

なんだかいつもこのパターンのような気がする。真琴はぼんやりと思った。

ヴェルヴの社長室は、ＭＨＴカンパニー社の社長室よりもやや小さかった。

白い壁のあちらこちらに、『Berry ＊ Kiss』や他のデザインの服を着たモデルのポスターが貼られている。机や書庫は黒で統一されており、ポスター以外は色味があまりない部屋だった。

ドアを入って真正面にある四人掛けの黒のソファセットに、真琴は座った――というより座らされた。その隣に桐谷がどかっと腰を下ろし、真琴に向き直る。

「――何故、あんなことを言った？」

「え」

真琴が桐谷を見上げると、彼はがしがしと左手で髪の毛を掻《か》きむしった。

「だから！　何故あのデザインを公表しないと決めたんだ、お前は」

「何故……って。桐谷さんがそれを望んでいないように見えたからですが」

がしりと桐谷の手が真琴の両肩を掴《つか》んだ。桐谷はさらに言葉を続ける。

「自分で言うのも何だが、あのデザインは最高の出来だ。あれを公表すれば、プロジェクト成功の後押しになっただろう。それが分かっているから、瞳は公表しようとした」

「で、でも」

肩に食い込む指が痛い。真琴は桐谷の目を真っ直ぐに見て言った。

「桐谷さんが望まないなら、それでいいんです。あのデザインがなくても、十分このプロジェクトは成功します。桐谷さんの心を無視してまで公表しようとは思いません」

桐谷の顔が一瞬歪む。真琴があっと思う間もなく、そのままソファに押し倒された。桐谷の顔が真琴の首筋に埋まる。

「桐谷さん!?」

くぐもった声が首元で聞こえた。

「……省吾、だ。省吾と呼んでくれ」

「えっ」

首筋に熱い息がかかり、全身に首元から熱が回る。軽く首筋を吸われる感覚に、肌がびくっと震えた。

「お前に名を呼ばれたいんだ……真琴」

ずきん、と痛みが胸を走る。綺麗だと褒めてくれた声はもう出ない。

真琴は掠《かす》れ声を何とか出した。

「で、でも、私……もう、この声、じゃ」

「何？」

桐谷――省吾が顔を上げて真琴の瞳を覗《のぞ》き込んだ。彼の顔がじわりと滲《にじ》んで見える。

「私、もう……前の声は、出ないの。事故で、喉を打って、こんな掠《かす》れ声、しか」

せっかく綺麗だと褒めてくれたのに、と続けて言おうとした真琴の身体は、力強い腕に抱き締められていた。耳元で低い声が囁《ささや》く。

「何を言ってる？　前の声が何だ？　今の声もお前の声だろうが」

今の声も私の声――？

真琴がその意味を理解する前に、省吾が真琴の目尻に溜まった涙を舐《な》めた。

「俺はお前が省吾と呼んでくれるのを聞きたいんだ。お前の声で呼んでほしい」

今の自分の声で呼んでほしい。この人はそう言ってるの？

「きり、や」

「――省吾、だ」

「……省吾、さん」

初めて口にした名前は、どこか甘くて、そして苦かった。

間章　獣と王子の攻防

「省吾、さん」

控えめな声で呼ばれた自分の名は、甘い蜜のような響きを持っていた。

大きく見開かれた茶色の瞳。色白の肌が、わずかに紅潮して触りたくなる。潤《うる》んだ瞳の今のこの顔を見て、あの男と間違える奴はいないだろう。

「……お前は綺麗だ」

あのウェディングドレスを公表したくはなかった。あれは、こいつを初めて見た時に浮かんだイメージを元にしたドレスだ。だから、あのデザインは俺にとっては特別なもの。だから着せたくなかったのだ――彼女以外の人間には。

『何言ってるの、ショウ！　このデザインを世に出さないなんて、犯罪よ犯罪！　男性用礼服と合わせて最高傑作だって、自分でも分かってるんでしょ!?』

――瞳はそう言った。誠も同意見だった。社長としての俺もそう思った。ただ、デザイナーとしての俺が、どうしても納得できなかった。

あれは……あのドレスは……あいつのものなのに。

だから、譲歩したのだ。高階専務が公表すると決めたなら、公表すると。あれは彼女のドレスだから、彼女が決めたなら納得できるだろう、そう思った。

——なのに。

『桐谷さんが望まないなら、それでいいんです。あのデザインがなくても、十分このプロジェクトは成功します。桐谷さんの心を無視してまで公表しようとは思いません』

分かってくれた。あのデザインが、俺にとって特別なものだと分かってくれた。

それがどれだけ——俺にとってどれだけ大切なことか、どれだけ嬉しいことか、こいつには分かっていないのだろう。

心が温かくて柔らかい何かに包まれる感触。その温もりを離したくない。他の男に渡したくない。

彼女の肩を親しげに抱く短髪の男の姿が頭に浮かんだ。あの男の目も俺と同じだった。彼女は気付いていないようだったが、彼女が欲しいと目が言っていた——だから。あの男がお前に触れる前に——

「……お前が欲しい」

そう言って、省吾は開き気味の唇に自らの唇をゆっくりと重ねた。

柔らかくて少し震えている唇を、省吾は存分に味わった。下唇を甘噛みし、舌を強引に口腔《こうこう》にねじ込んで、怯《おび》える舌を捕まえた。

ブラウンの上着を床に放り投げ、グリーンのネクタイの結び目に指を入れて一気に緩《ゆる》める。床に落ちたネクタイを気にせず、そのまま喉元のボタンも外す。もっともっと直接肌を感じたい。温かくて滑らかな肌を。

「……んっ、ふ……ん……っ!!」

――電気をつける余裕もなかった。暗い社長室に、甘い吐息が漏《も》れる。舌と舌が絡まるたびに、厭《いや》らしい水音が聞こえる。省吾の胸を押す真琴の手から、力がすっと抜けた。甘い甘い唇は、どれだけ舐《な》めても吸っても噛んでも飽き足らない。

「……柔らかくて甘いな、お前の唇」

少しだけ唇を離し、柔らかな獲物を見下ろした。開き気味の下唇はぽってりと腫れ、ぼうっとした瞳で自分を見上げる彼女。思わず肩を掴《つか》む指に力が入ると、細い身体がぶるりと震えた。

「……っ、やめて下さいっ……」

逃げようと足掻《あが》く姿も可愛い。省吾は口元を緩《ゆる》ませた。

「そうやって、嫌がる顔もそそられるんだが」

熱くなった頬を左手で撫でる。また身体がびくっと揺れた。それだけで身体が熱くなる。何だろう、この腹の底から湧き上がるどろどろとした黒い想いは。大体、今のこいつの姿はあの男の姿だ。少し乱れたワイシャツ。傍《はた》から見ればどう見えるのか。

自嘲するように溜息をつく。すぐ傍《そば》にある大きく見開かれた瞳。このまま溺れてしまいそうだ。

「お前のスーツを脱がして、俺の下に組み敷いて……」

皺《しわ》が寄ったワイシャツの隙間から見える、白い包帯。

「傍《はた》から見れば、俺がお前の兄を襲ってるみたいに見えるんだろうな」

彼女の頬が一気に真っ赤に染まった。瞳が恥ずかしげに揺れる。

「……っ、桐谷、さ……」

省吾と呼べと言ったのに。言うことを聞かない悪い唇を省吾はまた塞いだ。

「んんっ……んあ、はあ、ん……」

舌と舌を絡めて、粘膜《ねんまく》が擦れる感覚を楽しむ。ぐったりと力の抜けた身体を抱き締め、耳元で熱く囁《ささや》いた。

「名前呼べって、言っただろうが」

「ん、はぁ……、省、吾さ……ん……」

ああ、堪らない。俺のせいで熱く乱れている彼女が。省吾はにやりと笑った。

「お前の声……全て喰いたくなる……」

省吾が囁《ささや》くたびに、身体がぴくんと反応する。本当に敏感な身体だ。着ている物を全てとっぱらって、俺が作った服を着せて、そうしてまた脱がしたい。

このまま溺れていたいが、もうタイムリミットだろう。そっと彼女の身体から上半身を起こす。

蕩《とろ》けた瞳に熱い身体——再度誘い込まれそうになったが、あいつの名を呼ぶことで何とかその誘惑を断ち切った。

「広海——いや、真琴？」

ぎりぎりまで追い詰めているのは十分承知している。このまま強引に奪ってしまえ、と心のどこかで唆《そそのか》す声がした。

だが——今手に入れてしまったら、彼女の心のバランスは崩れてしまう。おそらく俺の前であいつのフリをすることは出来なくなる。そうなったら彼女は、兄の身代わりを出来なかったと自分を責めるのだろう。原因の俺を責めずに。それに時間ももうない。彼女を俺のものにする時には、ゆっくりと時間を掛けたい。だから。

省吾は一瞬瞳を閉じ、そして開けた。

「このプロジェクトが終わったら——お前をもらう」

「っ⁉」

ひゅっと短く息を吸う音が聞こえた。乱れたワイシャツの隙間から、手を中に忍び込ませ、温かな肌に触れる。わき腹を撫でると、彼女は小さく身を捩《よじ》って抗議の声を出した。

「やっ……！」

しっかりと巻かれたさらしの上に手を置く。不安げな瞳。ピンク色の舌が、乾いた下唇をさっと舐《な》めた。

「最後まで兄のフリをしたいという、お前の気持ちは尊重する。だが、こっちにも限度があるからな」

そう、限界だ。あまりぐずぐずしていたら、あの兄が介入してくる。おそらくその友人だという
あの男も。

「省吾、さん」

「逃げるなよ、そんなことをしても無駄だからな」

どこか悲しそうな瞳の色。震える唇。胸が痛む。だがもう、こちらも引けない。

「返事は？　真琴」

省吾が甘く囁《ささや》くと、彼女はまた小さく身じろぎした。ゆっくりと唇が開き、彼が待っていた言葉を言った。

「は……い……」

「いい子だ」

省吾は柔らかく微笑み、震える唇にまた唇を重ねた。

十一　王子の想いと王子の気付き

彼の名前を呼ぶと、突然噛みつくようなキスをされる。だが、ソファに押し倒され、深く口付けられたものの、それ以上のことはなかった。真琴は聡美が迎えに来るまでのわずかな時間で、何とか身支度を整えた。

社長室の入り口で見送ってくれた省吾の瞳は、捕食者の瞳そのものだった。

——お前をもらう。

その言葉が真琴の頭から離れない。ぐるぐるといつまでも渦《うず》を巻いて、自分の身体を縛っているような気がする。

「……専務？」

はっと真琴は我に返る。

あれからすぐに社に戻り、自分の机で書類のチェックをしていたところだというのに。手が完全に止まってしまっていた。

机の前に立つ聡美が、心配そうに真琴を見下ろしている。

真琴は、「ごめん、考えごとをしていた」と何とか返事をした。聡美の眉間に皺《しわ》が寄り、口元がぎゅっと結ばれた。

「……真琴様。桐谷社長と何かございましたか？　戻ってこられてから、心ここにあらずの状態ですよ」

どくんと重い心臓の鼓動が胸に響く。

いつも冷静で、あの兄相手でも決して引かない聡美。聡明な彼女なら、このわけの分からない思いも理解してくれるだろうか。

熱く求められることが怖い。誰かの身代わりであることが辛い。なのに、どこかで喜んでいる自分もいる。こんな矛盾した思いを分かってくれるのか。

「……聡美さん……」

真琴は大きく息を吸って、そして吐いた。

「……ごめんなさい」

自分自身でも気持ちの整理がついていない状態で、何も言えない。

口をつぐんだ真琴を見ても、聡美の表情は変わらなかった。

「そう、ですか」

「あの、言えるようになったら、真っ先に聡美さんに相談する。約束するわ」

そう言うと、硬かった聡美の表情がほぐれ、柔らかな笑みが浮かんだ。

「無理しないで下さいね、真琴様。軽傷だったとはいえ、真琴様も事故に遭《あ》われたのですから。心も身体も、まだ回復しきっていないでしょう？　真琴様に何かあれば、それこそ広海様が悲しまれますわ」

「そう、ね」

少なくとも、このプロジェクトが終わるまではと兄は言っていた。

拙《つたな》いながらも、真琴が一生懸命プロジェクトに打ち込んでいることを理解してくれていた。だから、今は精一杯頑張ろう。兄のためにも――そして、彼のためにも。

「聡美さん、試作品の進捗《しんちょく》はどうなってる？　メディアへの公表時期も、そろそろ本決めしなければ」

そう言って真っ直ぐに聡美を見上げる。すると、聡美は「はい、こちらに報告書がございますわ」とにっこりと微笑み、真琴に資料を手渡した。

＊＊＊

真琴からデザインのラフ画を渡された広海は、ベッドの上で絶句していた。

今の広海は、リハビリ用のジャージ姿。訓練の休憩中ということで、拓実には退席してもらっていた。

「……これ、は」

本来はトップシークレットの資料だが、真琴が自ら持ち帰った。ブランドのイメージを共有するため、どうしても兄に見せる必要があったからだ。

兄の前に立ちながら、真琴は緊張していた。心臓がどきどきと速く鼓動を打っている。

「このデザインで行くことに決まったの。どれも素晴らしい出来でしょう？」

ぱらぱらとページをめくる兄の口から、呻《うめ》き声が漏《も》れた。

「あいつ……」

眼光が鋭くなった兄に、真琴は慌てて言った。

「桐谷さんが描いたデザイン画、どれも本当に素敵で。これはその中から選《よ》りすぐったものなの」

ふんと広海が鼻を鳴らした。

「見れば分かる。ヴェルヴのショウは、天才の名をほしいままにしているデザイナーだ。いくら本人が気に食わなくても、奴のデザインまで否定する気はない」

「じゃあ、お兄様」

広海の表情は苦々しいものだったが、それでもはっきりと言い切った。

「このデザインを選んだお前の判断は正しい。消費ターゲットである年代の女性が、高級感を味わえるブランドになるだろうな」

真琴はぱっと表情を明るくし、バインダーを持つ兄の左手に右手を添えた。

「ありがとう、お兄様！」

「ふん……ん？　このデザインだけ、分けているのか？」

バインダーに連続で綴《と》じられていたデザイン画を見終えた広海が、最後のページにぽつんと入れられている用紙に気が付いた。

「え、ええ……それは公表しないことに決まったから」

「これを？」

広海の視線を受けて、真琴は「そうなの」とうなずいた。

しばらく黙ったままデザインを見ていた広海は、やがてはあと深い溜息をつく。

「これは桐谷が公表を拒んだんだな？　それでお前は、それを認めた」

「はい、そうです」

ぱしんと広海が指でファイルを叩いた。

「……ったく。専務としての判断が甘いぞ、真琴。このデザインなら、もっと売り上げが見込めたかも知れないのに」

「で、でも」

広海はすっと右手を上げ、真琴の言葉を遮《さえぎ》った。

「だが、お前の言うことにも一理ある。これは、特定の誰かのために創ったドレスだ。大方、その人物以外に着せたくなかったんだろうな」

「えっ」

真琴は息を呑んだ。特定の誰か。誰か……って。

次々と描かれていくたくさんのデザイン画。その中の一枚。特別な。彼にとって、特別な。

（省、吾さん……？）

——お前は綺麗だ。

あの時のセリフが、耳の奥で聞こえた気がした。かっと胸が熱くなる。

「お前、このデザインを気に入ったんだろう？」

広海の問いに、真琴は目を瞬《またた》かせた。

「え、ええ。一目見て惹かれたわ。とても綺麗で、一生の記念にこんなドレスを着てみたいって思ったの」

広海は何とも言えない表情になった。

「まあ、そうだろうな」

「お兄様？」

目を丸くした真琴の前で、広海はぶつぶつと「……だからと言って、そう簡単に……」と何やら呟《つぶや》いている。

「おーい、広海ー、真琴ちゃんー、そろそろいいかー？」

こんこんと軽いノックの音と共に、拓実の声がドアの向こうから聞こえた。広海は真琴にファイルを渡し、ゆっくりと立ち上がる。真琴は足元のアタッシュケースにファイルをしまい、鍵を掛けた。

「ごめんなさい、拓実さん。お待たせしました」

真琴がドアを開けると、白衣姿の拓実がひょいと顔を覗《のぞ》かせた。すれ違いざまに、大きな手が真琴の頭を撫でる。

「真琴ちゃん、大丈夫？　ちょっと疲れてるみたいだけど」

心配そうな顔をする拓実に、真琴はふんわりと微笑みかけた。

「ありがとう、拓実さん。私は大丈夫です。兄をお願いしますね」

真琴は軽く会釈《えしゃく》をして、広海の部屋を出て行く。

その後ろ姿を見送った拓実は、ぶすっとしたままの広海に向き直った。

＊＊＊

「えらく不機嫌だな、広海。真琴ちゃんが何か言ったのか？」

右肩を貸しながら拓実が聞くと、広海は低い声で唸《うな》った。

「いや。認めたくないだけだ」

「何かあったんだな。あの男絡みか？」

学生時代からの友人は、察しも良い。遠慮のない友人に、広海は渋々言った。

「あいつ……真琴の特徴を全て掴《つか》んでる。性格も雰囲気も。さらに、その長所を最大限に生かす術《すべ》も持っている」

真琴のことを一番分かっている自分でも、あんなデザインは出来ない。そして、あれが真琴だからこそ最高に映《は》えると分かってしまうのが苛立たしい。

眉間に皺《しわ》を寄せる広海に、拓実が笑いながら言った。

「でも、お前は公明正大な奴だよ。ちゃんと認めてるんだろ？　敵ながら天晴《あっぱ》れだって」

拓実の褒め言葉にも広海の顔は晴れなかった。

「……一日でも早く復帰する。あの男は危険だ」

拓実の手を借りながら、ゆっくりと足の筋肉を伸ばしていく。

事故で落ちてしまった筋肉をある程度までは戻さなければ。動きに集中しつつも、広海の頭の片隅は目まぐるしく回転していた。

（あのデザイン……）

ふと思い付いたアイデア。あれをもっと生かせる方法がある。自分にはその力がある。

だが……。静かな笑顔が脳裏を過《よ》ぎった。

（聡美……いや）

広海が躊躇《ちゅうちょ》したのは一瞬だった。思考が切り替わる。全てを総合的に考えるなら、こうするのが一番いい。

（俺は、真琴とは違う。真琴のようには考えられない）

広海は自分の判断が正しいと知りながらも、少しだけ真琴を羨《うらや》ましく思った。

「どうした、広海？　足止まってるぞ」

一拍後、広海は拓実を見上げて言った。

「……拓実。お前にやってほしいことがある。頼まれてくれるか」

拓実は真剣な広海の顔を見て、「ああ、任せろよ」と力強くうなずいた。

広海はふうと息を吐き、先ほど思い付いたアイデアを語り始める。それを聞いた拓実はじっと考え込んだが、最後にはもう一度うなずいた。

ただ、「まあ、お前がそう言うならな。後でフォローしておけよ？」と釘を刺すことも忘れなかったが。

十二　王子の決断と王子の痛み

――専務としての判断が甘いぞ、真琴。このデザインなら、もっと売り上げが見込めたかも知れないのに。

分かっていた。あのドレスが人気を博すだろうこと。それにより、プロジェクトが大きく躍進することも。

（でも……）

何の感情も映していない瞳。全てを押し殺したかのような表情。あの顔を見た時、ぎゅっと胸が痛くなって、どうしても――

「……専務？　どうされました？」

聡美の声に真琴は我に返った。会議室にいる荒木や祥子もこちらを見ている。

今はヴェルヴでの打ち合わせ前に、資料を確認しているところだった。神谷は試作品の第一号がちょうど出来る頃だと、デザイン部へ確認に行ったばかり。真琴は自分の右横に座る聡美に微笑みかけた。

「……ごめん、ちょっと考えごとをしていた」

真琴の正面に座っている荒木が太い眉を顰《ひそ》めた。

「専務、お疲れなのでは？　プロジェクトの業務をこなしながら、ショウのモデルもされているのですから。合間を見て休憩を取るのも大切ですよ」

荒木の左に座る祥子も、口を揃えて言った。

「そうですよ、専務。専務が倒れたら、元も子もありません。私達だって頑張りますから、安心して頼って下さい」

当初はがちがちに緊張していた祥子が、こんなことを言ってくれるようになっていたとは。

（このプロジェクトで成長したのね……）

真琴は笑いながら「ありがとう、ちゃんと頼ってるよ」と祥子に言った。祥子の頬がピンク色に染まる。荒木からも、今回の件で祥子のデザイン力は著《いちじる》しい成長を遂げたと聞いている。名デザイナーであるショウと仕事を共にしたことが、いい刺激になったらしい。

――お前をもらう。

熱をはらんだ漆黒《しっこく》の瞳。長い指。抱き締められた時の温かさ。

そのどれもが、この瞬間も鮮明に思い出せる。

(省吾、さん)

今は忘れないと。あの甘い声も、疼くような胸の痛みも。真琴は頭を横に振って、手元の資料をめくる。

コンコンと軽いノック音の後、会議室のドアがばたんと開いた。

「あーっ、もう！　なんかイメージが違うのよねえ……」

神谷がぶつぶつと文句を言いながら、色とりどりの布の山を抱えて入って来た。

その後ろから夕月と、続けて省吾が入って来る。途端に鳴った心臓を抑え、真琴は立ち上がって三人を出迎えた。神谷はやや曇った表情のまま、布の山を長机の中央に置いた。

「とりあえず仮縫いしたものです。見て頂けますか？」

神谷が次々と布を広げていく。ワンピースにスーツ、スカートといった、職場にも着ていけるデザインがメインだ。祥子がワンピースを手に持ち、「まあ！」と声を上げた。

「素敵な色！　手触りも素敵です」

「いい風合いの布ですね。コシもありますし、型崩れしにくそうです。職場や外出にはぴったりではないですか？」

荒木も布を手で触りながら、感想を述べる。夕月はふむ、と言いながらブラウスの袖口を確認していた。省吾は腕を組んで一歩下がり、神谷の後ろに立って皆の様子を見ている。真琴は綺麗なグラデーションが特徴的な、フレアスカートを手に取った。

「あのデザイン通り……あれ？」

巻きスカートのようなデザインのスカートを持ち上げ、横に振ってみる。するとウェストから裾《すそ》にかけてカットされたフリルがひらひらと揺れた。その揺れ方をじっと見る。

「ドレープがデザイン通りに出ていない気がしますが？」

このブランドの最大の特徴である、生地の質感を生かした皺《しわ》。フリル部分にも当然ドレープがかかっているが、心なしかデザイン画よりもしなっとしている感じがする。

「そうなんですよね……」

はあ、と神谷が溜息をついた。今日も黒のパンツスーツ姿の神谷は、豊かな巻き髪を手でばさりと払った。

「布の厚みやコシを強くすると、ドレープ自体が硬くなり、この柔らかなラインが出なくなります。かといって、あまり薄い布にしてしまうと、今度は張りがなくなってしまう。色々と試してはいるのですが、なかなか思い通りにならなくて」

型紙《パターン》を作ったのは全て神谷だ。省吾が天才デザイナーなら、神谷は天才パタンナー。どんなデザインもイメージのまま立体化すると評判が高い。その神谷が悩んでいるところを見ると、あの微妙なラインを出すのは至難の業《わざ》なのだろう。

「パターンの調整が必要かしらね」

うむと唸《うな》る神谷に、省吾が声を掛けた。

「生地のサンプルは足りているのか？　もう少し薄くても、張りのある生地を選べば」

「それが、なかなかイメージ通りの布が見つからないの。あちこち声を掛けて探してはいるんだけど」

緊迫した空気を裂くように、ブーっと振動する音が響いた。

「失礼」と一言断り、夕月がポケットから取り出したスマホに出る。短い会話の後、電話を切った夕月は、真琴の方を見た。

「……高階専務。角田さんとおっしゃる方が面会に来られているそうです。なんでも社の方から言付けがあると」

真琴が目を丸くするのと同時に、聡美が怪訝《けげん》そうな顔をした。

「拓実さんが？」

会社からの言付けとは何だろう。もしかして、お兄様から？　聡美の顔を横目で見ると、彼女が軽くうなずいた。

「分かりました、しばらく失礼します」

急いでスカートを机の上に置く。会釈《えしゃく》して退席しようとした時、真琴の右の二の腕が、誰かにむんずと掴《つか》まれた。

え、と振り返る暇もなく、省吾が真琴の横に立つ。自分を見下ろす彼の瞳の迫力に、真琴は何も言えなくなった。

「俺も行く。後は頼んだ、瞳」

「ちょっと、ショウ!?」

「専務!?」

聡美と神谷の声を余所に、省吾は真琴を引っ張って足早に歩き始めた。真琴も遅れないようにペースを合わせて付いて行く。

後ろから、かつかつとヒールの音がした。聡美もしっかり付いてきているようだ。

(い、いつも引っ張られてる気がっ……!)

自社の社長が、取引先の専務の二の腕を掴《つか》んで早足で歩いている姿を目に留めて、ヴェルヴの社員達は一斉に目を丸くした。注目を浴びる間を縫って、省吾は一階ロビーへと急ぐ。

真琴がちらと見上げた彼の横顔は、硬い表情のままだった。

「あ、あの」

引っ張らなくても大丈夫です——と真琴は言おうとしたが、じろりと睨まれて言葉にならなかった。注目を浴びたまま二人と一人はエレベーターに乗り、数分後、目的地へと到着した。

窓ガラスが夕日を受けてオレンジ色に染まっている。受付の近くの、ソファや観葉植物が設置された応接スペースに、拓実はいた。

省吾に引っ張られる真琴を見て、おやと言うように眉を上げた彼は、ソファから立ち上がると、紙袋を片手に三人の前へと歩いて来る。省吾が手を離し、真琴が一歩前に出る。聡美は省吾の隣で足を止めた。

「やあ、広海。それとこんにちは、桐谷社長……に、久しぶりだね、聡美さん。相変わらず美人だ」

「恐れ入ります」

慇懃《いんぎん》に頭を下げる聡美は、愛想笑いひとつ浮かべていなかった。やれやれと肩をすくめて、拓実は真琴に向き直る。

「これを渡しに来たんだ」

拓実は、白いビニールのかかった手提げ袋を真琴に手渡した。

見た目には分からない、ずしっとした重さが取っ手から伝わってくる。口を開けて中を見た真琴は、「えっ⁉」と声を上げた。

「これ……」

そこには、正方形に切られた何種類もの布のサンプルがぎっしりと詰まっていた。それぞれにタグがついていて、品番や色番が書いてある。

「あいつから。必ず役に立つだろうからってさ」

耳元で囁《ささや》かれた真琴は、はっと目を見張った。右手を袋に入れ、布を一枚取り出してみる。タグに書いてある文字は――『SHERIL』

「『SHERIL』の布……」

真琴は呆然と呟《つぶや》いた。

兄が聡美をモデルにして作ろうとしていた大人向けブランド。懇意《こんい》にしている工場に布を特注したとは聞いていたが、もうこんなにサンプルが出来ていたとは知らなかった。

(確かに、この布は)

薄くて張りのある生地。これなら綺麗にドレープが出るはず。

あのデザイン画を見た兄が、『SHERIL』用にと用意していた布を譲ってくれた……？

(お兄様……っ!!)

真琴は思わず、ぐっとサンプルの布を握り締めていた。

(認めてくれたんだ、お兄様……省吾さんのデザインを……!!)

だから、大切なこの布を使っていいって……！

胸が熱くなる。広海《兄》の気持ちが、じわじわと心に沁《し》みてきた。

省吾の……荒木の、祥子の、聡美の……そして、夕月の、神谷の……他にもこのプロジェクトにかかわった全ての人の、努力が認められたんだ。あの仕事に厳しい兄に。

(ありがとう、お兄様……!!)

胸の奥から湧き上がってくる歓喜。けれど同時に、喜びを切り裂くような痛みが真琴の心を刺した。高潮した気持ちがさあっと冷めていく。

(――聡美、さん)

これは、兄が聡美さんのために作ったモノ。それをこのプロジェクトに使うと彼自身で判断したということは、広海が聡美への思いよりもプロジェクトの成功を重んじた――ということになる。

後ろを振り返ると、聡美がこつこつと真琴の傍《そば》に歩いて来た。真琴が手にする布を見た彼女の顔が、一瞬歪む。痛みに似たその表情に、真琴の胸もずきりと重く痛んだ。

「『SHERIL』の特注品。それを使うのですね」

聡美の声は単調で、抑揚がなかった。しかし一拍後、真琴の顔を見上げた聡美の顔は、もういつもの秘書の顔になっていた。

「どうぞ、お使い下さい。その方がよいと私も思います」

「森月さん」

何と声を掛ければよいのか分からない。そんな真琴を見て、ふふっと聡美が小さく笑った。

「広海様が気にされる必要はありませんわ。お気持ちはちゃんと伝わっておりますから。私は大丈夫ですよ?」

「で、も」

聡美はぽん、と軽く真琴の背中を叩く。

(あなたはそれでよいのです。彼と違うことを気に病まないで下さいね)

小声で囁《ささや》かれた言葉に、真琴は目を見張った。

兄と違うことを気に病むな。

省吾の気持ちを優先して、デザインを採用しなかった自分。真琴は、恋人《聡美》のために作った布をプロジェクトのために提供できる、兄と違っていてよいのだと。

(私、は)

——出来なかった。お兄様のようには出来ない。あんな……あんな感情のない顔を彼にさせたくなかったから。だって——

胸のあたりで右拳《こぶし》を握り締め、ゆっくりと顔を上げた真琴の目に、聡美の後ろに立つ省吾の姿が映った。目が合った途端に、どくんと大きく鳴る心臓。

今まであやふやだった自分の気持ちが、はっきりとした形になって浮かび上がってくる。

――私は、省吾さんが。

(今はダメ――!)

ぎゅっと目を瞑《つむ》り、大きく息を吸った。ゆっくりと息を吐き、再び目を開ける。

省吾から視線を逸らし、もう一度聡美を見ると、彼女もしっかりとうなずき返してくれた。サンプルを元に戻した真琴は、ごくりと唾を呑み込み、固い表情で佇《たたず》む省吾に歩み寄った。

「この布を検討してみて下さい。あのデザインにきっと合うはずです」

こちらをじっと見つめていた省吾は、やがて真琴が差し出す紙袋を黙って受け取った。強い視線に耐えられなくなった真琴が目を伏せた時、後ろからのんびりとした声がかけられた。

「で、広海。真琴ちゃんからも言付けがあるんだ。少しでいいから時間、もらえないかな?」

「拓実……」

振り返ると、いつの間にか真琴の右横に拓実が立っていた。

「ちょっと広海をお借りしますよ? こちらも急ぎなもので。ええ、すぐに返しますから、ご安心を」

真琴の肩をぽんと叩き、拓実は省吾に告げる。口元をぴくりと動かした省吾は、拓実を睨み付けていたが、やがて低い声で言った。

「……分かった。この布は持ち帰って検討しておく」

ほっと息を吐いた真琴は、省吾に頭を下げた。

「申し訳ありません、すぐに戻ります」

「じゃ、行こうか、広海」

拓実に促《うなが》されて踵《きびす》を返した真琴は、省吾と聡美の視線をひしひしと背中に感じながら、その場を後にしたのだった。


「大丈夫？　真琴ちゃん」

石畳の広場まで出たところで拓実が呟《つぶや》く。ここまで来ると周囲の人影はまばらだ。

真琴が拓実を見上げると、心配そうな瞳がこちらを見ていた。

「何か泣きそうな顔してたからさ。思わず連れ出しちゃったけど」

さっきまで、兄の気持ちに、聡美の気持ちに、そして自分の気持ちに押しつぶされそうになっていた。拓実の気遣いに胸が熱くなった真琴は頭を下げた。

「……ありがとうございます、拓実さん。助かりました」

「それはいいけど、真琴ちゃん、無理してない？　もしあいつが真琴ちゃんに何かしてるんだったら——」

真琴は首を横に振った。

「いいえ、省……桐谷さんは何も」

そう、彼が何かしたわけではない。単に自分の気持ちに気が付いただけだった。

どうして、あのデザインを公表したくなかったのか。どうして、あんな顔をさせたくなかったのか。どうして、あの瞳に見つめられるたびに胸が痛かったのか、もう答えは出ていたのに。

(私、省吾さんのこと)

いつだって強引で、振り回されて――でも、惹かれずにはいられなかった。

図書館で見た穏やかで優しい彼も、熱を出した時の縋《すが》るような彼も、熱い瞳で迫ってくる彼も。

その全てがこんなにも――

唇を噛んで俯《うつむ》く真琴の両肩に、拓実の大きな手が載った。真琴がそっと顔を上げると、そこには真剣な瞳で自分を覗《のぞ》き込む拓実の顔があった。

「何かあったら相談に乗るから。一人で悩まないようにね、真琴ちゃん」

優しい言葉に、少しだけ目頭が熱くなったが、真琴は「ありがとうございます、大丈夫です」とだけ呟《つぶや》いて微笑んだ。

拓実は、ちっと小さく舌打ちをした。

「……ったく、強情なところは広海と一緒だな。無理しちゃだめだぞ、本当に」

半分心配、半分呆れ顔をした拓実に、真琴は今度こそ素直に、「はい」とうなずいた。

間章　獣の思案と王子の布

「これ……!!」

サンプルの布を前に、瞳が絶句した。

「なに、この手触り!? シフォン生地みたいに透け感があって柔らかいのに、重ね合わせたり、この角度で折ると、くっきりドレープがつくのね！」

「……ええ。生地の質感をメインに、というのが本ブランドのコンセプトですから」

森月の返答に、瞳の目が爛々《らんらん》と輝いた。獲物を見つけた時の目だ。

「この生地なら、あのデザインを精密に表現できますわ！ さっそくこの布で、再度試作品作りに取り掛からないとっ!!」

興奮する瞳を見て、森月が冷静に言った。

「では、どの品番にするのか決めて頂ければ、すぐ工場に発注いたしますわ。刺繍《ししゅう》入りの生地もご用意できますよ」

「ま！ これ!!」

瞳が手にしたのは、少しアイボリーがかった白い生地。そこに薔薇《ばら》の花と葉のモチーフが同色で刺繍《ししゅう》されている。

「まさに、あのドレスのための生地だわっ！ そう思うでしょう、ショウ！」

省吾はその生地をじっくりと眺めた。それはまるで、頭の中でイメージしていた色がそのまま布になったかと錯覚するぐらい、ぴったりだった。

「材質も色々取り揃えておりますよ。カジュアル系には、もう少し織り目の粗い生地の方がよいかと」

森月の出す色とりどりの生地に、瞳の興奮は止まらなかった。

「さすが、老舗《しにせ》のＭＨＴカンパニー社ね。こんな生地を作り出せるなんて」

「専務自ら工場に出向き、指示して作らせた生地ですから。懇意《こんい》にしている工場長に、無理を聞いて頂きました」

森月の淡々とした説明を聞きながら、省吾はさっきのシーンを思い出していた。

（一瞬――泣くのかと、思った……）

まるで涙を堪《こら》えているかのような表情を浮かべた後、真琴は嬉しそうな笑顔を見せた。そしてすぐに瞳を曇らせ、この秘書の顔を見た。

省吾は軽く頭を振り、目の前の森月を見る。常と変わらぬ冷静さ。だが、あの時。

『『SHERIL』の特注品。それを使うのですね』

森月からいつものポーカーフェイスが消えていた。寂しさと、他の何かの感情が表に出ていたように思う。ほんのわずかな瞬間だったが。

「……シェリルというのは、どんなブランドだったんだ？」

省吾の質問にも、森月は動じずに答えた。

「大人の女性向けの……そう、オフィスで映《は》える服というのがコンセプトでしたわ」

省吾の目が大きくなった。森月の瞳の、一瞬の揺れを見逃さなかった。

――あのドレスが自分にとって、特別なように。

おそらく、シェリルは森月《この女》にとって、特別なものだったんじゃないのか？

だが……

(このプロジェクトのために？)

省吾は机に近づき、瞳が見せた布を手に取った。……まさに、自分の求めていた布だ。この布を使えば、よりデザインが映《は》えるだろう。

——専務の判断としては正しい。そう思いながらも、省吾は眉を顰《ひそ》めた。しっくりこない。俺のデザインを採用しなかったあいつが、これを積極的に採用しようなどと思うわけがない。

ということは。

(あの男が判断したのか)

おそらく、真琴が例のデザインを見せたのだろう。そして、それを見た彼は、この布を使うべきだと判断した。想いのこもった大切なブランド用の布を。

(……少しは認められたのか)

苦虫を噛み潰したような表情を浮かべるあの男の姿が目に浮かんだ。

自分を認めるのはさぞ癪《しゃく》だったことだろう。だというのに、プロジェクトの成功のためならばと思い切ったわけか。

いけ好かない兄《おとこ》だが、仕事については冷静かつ公平な判断を下すと見える。

(だが、あいつの方は)

あいつがこの秘書に複雑な表情を向けていたのは、兄が恋人よりもプロジェクトを選んだのを気に病んでのことだろう。秘書を見つめるあいつの表情は、とても儚《はかな》げで悲しそうに見えた。

だが、俯《うつむ》いた彼女に思わず声を掛けようとした瞬間、角田が横槍を入れて来た。省吾は口元をぐっと引き締める。

（今頃あの男が、彼女を慰《なぐさ》めてでもいるのか）

苦く暗い思いが、じわじわと心を染めていく。

不安そうにしている彼女を支えるのは、自分でありたかったのに。

「ほら、ショウ、何ぼんやりしてるのよ。さっさと選んで頂戴」

瞳の声に思考を中断された省吾は、むっとした表情を一瞬浮かべたが、やがて溜息を一つつき、広げられた布に改めて目を通し始めた。

十三　SHERIL & VIAN《シェリル・アンド・ビアン》

「このブランド名に『SHERIL《シェリル》』を入れたいと思う。皆はどう思う？」

省吾の突然の言葉に、真琴は目を見開いた。拓実と別れ、会議室に戻って来た矢先のことだった。

「『SHERIL』を？」

真琴は真正面に座る省吾の瞳を見る。彼はゆっくりとうなずいた。

（『SHERIL』の布を使うから？　だから名前をって……）

省吾なりに気を遣い、『SHERIL』の名を残そうとしてくれているのか。

ほんのりと真琴の胸が温かくなった。

（お兄様はどう思うかしら。それに聡美さんは？）

自分のために兄が作った布《もの》を、違う目的で使う……聡美の気持ちを思い、真琴は俯《うつむ》き気味にぎゅっと唇を噛み締めた。

（でも）

このプロジェクトにとって最善は何だ？

兄ならそう言うだろう。あの布を渡してくれた兄なら。

それに、聡美さんなら？　彼女はなんて言う？

真琴は顔を上げ、真っ直ぐに省吾の瞳を見た。感情が読めない漆黒《しっこく》の瞳を。

「ありがとうございます。新しいプロジェクトに弊社《へいしゃ》の別の企画の名前を付けるなどおこがましいのではとも思いますが、そうさせて頂けるのであれば、ありがたいです」

真琴の言葉に省吾は小さくうなずいた。夕月が口を挟む。

「響きとしては問題ないと思いますが、すでにどこかでこの名前を発表されてはいませんか？」

真琴は首を横に振った。

「まだ企画段階でしたから、社内でも一部の人間しか知りません」

ふうむ、と荒木がうなずく。

「大人の女性向けブランドというコンセプトにも合った名前ですし、ヴェルヴ側に異存がなければ、いいのではないでしょうか？」

祥子もうなずきながら言った。

「そうですよね、すごく綺麗な名前ですし。あのデザインにもぴったりだと思います」

省吾の左隣に座る神谷が腕を組んで考え込んでいた。

「んー、でも他の企画の名前をそのまま使うのは……」

「なら、何かと組み合わせればいいんじゃないのか？　『SHERIL』は女性名だから、もう一つ人名を付けるとか」

夕月が冷静に指摘する。そうねえ、としばらくしかめっ面で考え込んでいた神谷が、やがて顔を上げた。

「『SHERIL & VIAN』とかどうかしら？　大人の女性の愛称っぽいでしょ？」

「シェリル・アンド・ヴィアン……」

真琴はそっと呟《つぶや》いてみた。綺麗な響きだ。

「いいですね。私はそれでいきたいと思います」

「俺もそれでいいと思う」

省吾がうなずいた。荒木も祥子も、笑顔でうなずいている。

「きっとヒットしますわ、このブランドは」

真琴は右横に座る聡美を見た。彼女の瞳はもう、揺れていなかった。

（聡美さん……）

「では！　『SHERIL & VIAN』で広報から発表しますわ。それでよろしいですわね？」

神谷の声に、一同は拍手で同意を示した。

「今回のブランドの発表会はショーも兼ねる。作品は期限内に仕上がりそうか？」

省吾の問い掛けに、神谷は大きくうなずいた。

「森月さんがすでに生地の発注を済ませてくれて、そちらは二週間で納品可能だそうよ。今は型紙起こしとサンプルの作成、ボタンやフリルといった副装飾品の選定と注文ね……こちらも二週間あればＯＫだから、その後すぐ作成に取り掛かれるわ」

「『SHERIL & VIAN』のロゴも考えましょう。それについては、弊社《へいしゃ》にプロがおりますから、お任せ下さい」

荒木の声に祥子もうなずいた。

「女性らしいラインを強調して、品格と可愛らしさを表現するようにします！　ちょっと紋章っぽい感じにするのはどうですか？」

夕月がふむと腕組みをする。

「いいですね。ロゴ自体をアクセサリーや小物として売り出せるようなデザインにして頂けますか？」

「はい、夕月さん！」

真琴は省吾の顔を見て言った。

「マスコミへの正式発表を近々広報から各所へと流しましょう。発表とショーの日取りを決定し、場所を押さえなければ」

省吾の目には決意の色が宿っていた。

「秋……十月なら、今から三ヶ月を切るか……いけるか、瞳？」

「任せておいて！　デザイン部、夏休み返上でフル稼働させるわ！」

「では、十月一日はどうだろう。デザインの日でもあり、日本古来の衣替《ころもが》えの日でもある」

「ちょうどキリもよくていい日程ですね」

真琴はうなずき、資料に手を伸ばした。

「私もいいと思いますよ、桐谷社長。気候的にもちょうどよい頃ですし」

荒木が手帳を確認する。祥子は興奮したように頬を紅潮させていた。

聡美もスケジュールを確認しながら言った。

「我が社としては問題ございませんわ。他プロジェクトとのブッキングもございません」

真琴はぱらぱらと資料を見た。会場候補地の写真が揃えられている。以前チェックした会場の写真を見つけた真琴の手が止まった。

パルテノン神殿を彷彿《ほうふつ》とさせるデザインの、白い柱が特徴的な広間。壁紙や装飾はシンプルだが品があり、白を基調とした雰囲気がこのブランドに合っている気がした。

「会場は、ここでいかがでしょうか？　イメージがデザインに合っていると思いますが」

真琴が開いた資料のページに、皆の注目が集まった。

「いい感じだわ！　ホテルの大広間かしら？」

神谷の発言に、夕月の眼鏡がきらりと光る。

「では、早く予約しないといけないな。ちょうどブライダルシーズンと重なる」

「ここなら、まだ予約をねじ込めると思う。最近出来たばかりの新築で、老舗《しにせ》ホテルに対抗したいはずだからな。新ブランドの発表の会場となれば、箔《はく》もつくだろう。従業員も感じが良かった」

省吾の言葉に、真琴はもう一度資料を見た。

『サリーホテル、パルテノンの間』

「……あ」

以前、鈴音を送っていったホテルだ。あの時あそこで出会ったのは、視察に行っていたからか。

省吾の手際の良さに、真琴は目を丸くした。

「すぐ連絡を、夕月。広間を押さえろ」

「分かりました」

夕月が立ち上がり、部屋の隅で電話をかけ始めた。しばらく通話をしていた彼が、皆を振り返ってぐっと親指を立てる。一同から安堵の溜息が漏《も》れた。

「広報からマスコミへの発表は三週間後としましょう。それまでにロゴを完成させ、一緒に発表することは可能ですか？　荒木部長」

電話を終えた夕月が手帳を見ながら問う。荒木はうなずいて言った。

「これから確認しますが、おそらく大丈夫でしょう」

「では、その日程で進行します。後の作業予定は……」

真琴の言葉に、各自作業予定を確認し合う。

最終的に、現段階で特に問題のある作業はない、との結論に達した。

「では、そのようにお伝えしますね、専務」

「ありがとう。戻ってから私も確認してみる」

聡美は足早に会議室から立ち去った。今日決まったことを、早々に兄に報告してくれるそうだ。

（お兄様はどう思うかしら……）

兄のことを考えながら、真琴がドアをわずかに開けた瞬間——後ろから伸びてきた手が扉を押さえ、再び閉めた。

「えっ……」

驚いた真琴が振り向くと、いつの間にか、省吾がすぐ傍《そば》に立っていた。真琴は呆然と彼を見上げる。

「……省吾さ……？」

……言いかけた真琴の言葉は、性急な省吾の唇に遮《さえぎ》られた。

「ん……っ!!」

ドアと省吾に挟まれて、身動きが取れない。熱を帯びた身体が密着してくる。

強引な唇の動きに、背筋がぞくりとした。舌をねじ込まれそうになり、真琴ははっとする。

「ん、ふ……」

会議はつい先ほど終わったばかり。またいつ誰が入ってくるか分からない。なのに、どうして!?

「い、や……っ……」

必死で顔を背ける真琴の左耳に、熱い吐息と共に低い声が流れ込んで来た。

「さっき、あの男と何を話して来た？」

「えっ」

あの男って……拓実さんのこと？　真琴は目を丸くする。左耳たぶを優しく噛まれ、びくっと身をすくませた。

「あの布を俺に渡した時、お前は一瞬泣きそうな顔をしていた。それを見て、あの男はお前を連れ出したんだろう？」

呆然として、顔を元の位置に戻す。間近にある省吾の顔は無表情で、目だけが妖しく光っていた。

「兄の友人だと言ったな。あいつとは、いつもあんなに親しげなのか？」

「あ、の」

省吾から、襲い掛かる直前の獣のような気配を感じる。真琴は戸惑いながら彼を見上げた。

「拓実さんは、私のことを気遣ってくれただけです。学生時代からの知り合いですし、何より兄の親友ですから」

省吾の口から唸《うな》るような声が漏《も》れた。

「あの男がお前を好きだと言っても？」

「え？」

真琴はぽかんと口を開けた。拓実さんが……私を？

「その、妹のように思ってくれているだけです。確かに、付き合わないかと冗談を言われたことはありますけど」

よくからかわれるのでと言おうとしたものの、省吾の鋭い視線に晒されて言葉が途切れてしまう。

「なら、あの男が本気で付き合ってほしいと言ってきたら？　お前はどう答えるんだ？」

真琴の顔に一気に熱が集まった。頬が熱く火照《ほて》ってくる。

「そ、れは」

口籠《くちごも》る真琴に、省吾が唇を近付けてくる。唇が触れるか触れないかの瀬戸際で、省吾が囁《ささや》いた。

「断れ。お前は俺のものだから」

「っ、んんんっ⁉」

真琴が何か言う前に、唇は再び塞がれてしまった。舌を吸われて、息が苦しい。省吾の唇も舌も、すべてが激しく真琴を追い詰めていく。

下唇を舐《な》められ、甘噛みされた瞬間、彼のスーツを掴《つか》んでいた真琴の両手から力が抜けた。ただ、どきどきと高鳴る心臓の音しか聞こえない――

「んっ、あん、はあっ、しょ、ごさ……」

――こんこん。

背中から聞こえるノックの音に、真琴は凍り付いた。省吾が顔を上げ、ドアを睨む。

「専務？　まだこちらにいらっしゃるんですか？」

「さと、みさん」

真琴が何とか声を出すと、省吾がドアに突いていた手を離した。

ふらつきながらドアから背中を離した真琴の腰を、大きな手が掴《つか》む。そのまま真琴の身体を引き寄せた省吾は、真琴の耳に甘く囁《ささや》いた。

「今言ったことを忘れるなよ？」

絶句する真琴の身体を離した後、省吾がドアのノブを回す。開いたドアの向こうで、聡美が心配そうに立っているのが見えた。

「では、気を付けてお帰り下さい、高階専務」

先ほどまでの熱量を微塵《みじん》も感じさせない顔でにっこりと笑う省吾に、真琴の口元は引き攣《つ》った。何とか会釈《えしゃく》を返した真琴は、訝《いぶか》しげな表情を浮かべる聡美の視線を避けるように歩き出した。後ろからついてくる聡美のヒールの音よりも、背中に感じる焼け焦げるほど強い視線が気になって仕方がなかった。

「専務？」

エレベーター内で、聡美に声を掛けられた真琴は、ぴくりと肩を震わせた。

「……何？」

自分でも笑顔が引き攣《つ》っているのが分かる。未だ心臓は早鐘《はやがね》を打っている。聡美の瞳が、すっと細くなった。

「桐谷社長に、何か言われましたね？」

「……そ、の」

まさか、拓実に告白されたら断るように言われた、などと言えるはずもない。

真琴が語尾を濁《にご》すと、聡美はじっと真琴を見つめた。

「……真琴様」

聡美の声に、真琴ははっと彼女を見る。

二人きりのエレベーター内。けれど今まで、ヴェルヴ滞在時に『真琴』と呼ぶことはなかったのに。

「何でも相談して下さいね。広海様に言うなとおっしゃるなら、私の胸の内だけにしまっておきます。無理だけはなさらないで下さい」

お兄様に言わない？　真琴は目を見開いた。全て報告しろと、兄から言われているはずなのに。

それを曲げてでも、自分を優先しようとしてくれている。

エレベーターが一階に着いた。聡美に促《うなが》され、真琴は黙ったまま、ロビーへと降り立つ。

「聡美さん……」

真琴の掠《かす》れた声に反応して、聡美が振り向いた。半分嬉しくて、半分泣きそうな、そんな気持ちを抑えながら、真琴は微笑みを浮かべる。

「……ありがとう」

聡美はふふっと笑った。

「お礼にはおよびませんよ？　何と言っても、私はあなたの秘書、なのですからね」

ぽん、と軽く真琴の背中を叩いた聡美の顔は、あっという間に秘書のそれに戻り、「さ、次は本社での会議ですよ？」と言う。

真琴は軽くうなずくと、広いロビーを突っ切って、聡美と二人、出口の方へと歩いて行った。

「そうか。順調のようだな、プロジェクトは」

「ええ、お兄様」

目の前の椅子に座る広海を真琴を見た。テーブルの上に広げた資料を元に、今まで決まった内容を細かく説明している最中だった。

「真琴。お前、何か気にかかっていることでもあるのか？」

「え!?」

突然の発言に、真琴はびっくりして広海の顔を見た。そんな妹を見て、兄は深い溜息をつく。

「お前は感情表現が豊かだからな。すぐ顔に出る」

思わず頬に手を当てた真琴は、必死に兄に訴えた。

「っ、でも、お兄様の身代わり中は、極力感情を出さないようにしているわ」

「それは聡美からも聞いている。専務としての仕事ぶりも冷静沈着だとな」

──専務として。真琴はごくんと唾を呑み込んだ。

「あの、お兄様」

「何だ？」

「その……『SHERIL』のことなんだけど……」

広海の目が細められた。

「お兄様は迷わなかったの？　あの布を使うことに。だって、あれは──」

真琴が言葉を継ぐ前に、広海が右手を上げて真琴を制した。広海の真っ直ぐな瞳が真琴を射抜く。

「あれがプロジェクトにとって最善だった。だからそうした。それだけだ」

「そう……」

真琴は俯《うつむ》き加減になった。

「私……お兄様みたいな専務には……なれなかったの」

「……真琴」

「お兄様の方が正しいの。それは分かってる……でも」

やっぱり、ああするしかなかった。真琴は掠《かす》れた声を出した。

「私、お兄様通りの行動はできない。周りの皆に支えられて、やっとだもの。このプロジェクトだって、お兄様だったらもっと……」

「真琴！」

広海は手を伸ばし、真琴の両手を握りしめた。

「それは違う。あのプロジェクトは、お前が一から手がけたものだ。俺の力じゃない」

「でも……」

広海の手にぐっと力が入った。

「お前は自分の力を分かってない。まだあの事故からさほど経っていないのに、慣れない仕事を文句も言わずにこなして……そんなお前に、皆はついて行っているんだぞ？」

「お兄様……」

「まったく、俺の妹なんだから、もう少し自信を持て。お前だからこそ、出来ていることもたくさんあるんだ」

顔を上げた真琴に広海は力強くうなずき、手を伸ばしてよしよしと頭を撫でた。

「お前はよくやってる。きっとプロジェクトは成功するから、心配するな」

兄の思いやりが嬉しくて、真琴はにっこりと微笑んだ。

「はい……ありがとう、お兄様」

真琴の顔を見た広海は、「くそ、あいつ、この笑顔を見てるのか……」とぶつぶつ文句を漏《も》らしたが、真琴の耳には届いていない。

「ねえ、お兄様？『SHERIL』のこと、ちゃんと聡美さんにお話しして下さいね？」

「ああ」

聡美のことを言うと、何故か兄は固まってしまう。真琴はにこやかに釘を刺した。

「お兄様、照れ屋だから、聡美さんにちゃんと説明していないでしょう？　きちんとプロポーズもして下さい。聡美さんのこと、早くお姉様って呼びたいの」

うぐ、と広海が言葉に詰まる。わしゃわしゃと頭を掻《か》き回し、「あー分かった。お前が嫁に行ったら、すぐにでも」と照れ隠しのように答える。

「そんなの、いつになるか分からないのに……」

と言いつつも、真琴は頬を染めて俯《うつむ》いてしまう。その反応を見て広海の眼光が鋭くなったことに、真琴は気付いていなかった。

十四　眠れない夜　～開演一週間前～

真琴はぼんやりと薄暗い天井を眺めていた。すでにベッドに入っているのに、なかなか寝付けない。

（省吾さん……）

寝返りを打ち、横を向いても、あの時の言葉が耳から消えてくれなかった。

——お前が、欲しい。

本気だった。怖くなるくらいに。

プロジェクトは順調に進んでいる。『SHERIL』の布を使ったことで神谷のイメージ通りの試作品が出来、それを元にショーの衣装の製作も進行している。

各メディアへの広告も始まり、祥子がデザインしたロゴ入りのカラーページも雑誌等で見かけるようになった。

ここまでくれば、もう省吾のモデルになる機会もない。真琴は一般募集のモデルの選定や会場の設営、警備の手配、招待状の手配やタイムスケジュールのチェック等、様々な業務に追われていた。

一方、省吾の方も、デザインや仕上がりのチェックに余念がなく——二人きりで会う機会はほとんどなくなっている。

今や週に一度、ヴェルヴで行われる会議で顔を合わせるぐらいだ。だが、その時の彼の視線が熱く真琴に訴えてくる。

お前が欲しい、と。

そのたびに俯《うつむ》いてしまう自分を、周りはどう思っているのだろう。

(聡美さんにも、薄々分かっているみたいよね……)

省吾を見る聡美の目は、いつも厳しい。兄が何も言ってこないところを見ると、本当に黙ってくれているようだが、兄にしても、真琴の態度がおかしいことは気づいているだろう。

――お前が欲しい。

あの熱さに、溶かされそうになる。求められたらきっと……抵抗できない。でも、躊躇《ちゅうちょ》する自分もいる。

心臓の鼓動が速くなった。その時が来たら、私はどうしたらいいの? 省吾さんには、他に好きな人がいるかも知れないのに。

ぐるぐると同じところばかりを回っている気がする。

悩んでも答えは出ない。タイムリミットは情け容赦なく近付いてくる。

深い息を吐いた真琴は、また寝返りを打つ。

答えの出ないまま、眠れない夜は静かに更けていった。

＊＊＊

「はい！　そこで止まって！」

パン、という拍手の音と共に、神谷の声がホテルの大広間に設置されたステージに響いた。モデルの女性がさっと立ち止まる。神谷はその周囲を見回し、大きなライトを動かしている照明係に指示を出す。

「それ、もうちょっと右に寄せて。影が歪んでるわ。ステージ中央に光を集めたいの」

「はい、神谷さん」

照明係がライトの位置を調整する。神谷はモデルの方を向いた。

「あなたは、もう少し優雅に歩いてくれる？　ゆったりとしたイメージ……そう、泳ぐような呼吸で」

「はい」

モデルに軽くうなずいた神谷は、今度は傍《そば》の会場設営のチーフに声を掛けた。

「壁に飾る布はドレープを強調して頂戴。白い生花と金のリボンを飾って、高級感を演出するわ。それから……」

「……すごいね、神谷さん」

真琴は少し離れた場所で、てきぱきと指示を出す神谷を見守りながら呟《つぶや》いた。

「これまでヴェルヴが実施してきたショーの演出・進行は、全て彼女が取り仕切っているそうですわ」

聡美もうなずきながら相槌《あいづち》を打つ。

会場の装飾や演出の責任者を神谷に一任することは、すでに会議で決まっていた。彼女の『イメージを立体化する才能』はここでも遺憾《いかん》なく発揮され、薔薇《ばら》の蕾《つぼみ》が徐々に花開いていくような鮮やかさでショーの準備は進んでいた。当日の様子が、今の時点で真琴の目にありありと浮かぶほどだ。

「先ほどモデルの皆さんを激励されたでしょう？　あれは良かったと思いますわ」

聡美の言葉に、真琴は照れ笑いをした。

「今回は専属モデルだけでなく、一般公募の人もいるからね。少しでも不安を取り除けたらと思って」

——大人の女性をターゲットにする、というコンセプトのもと選ばれた一般公募のモデルは、OLから主婦、読者モデル出身者と、様々な経歴の持ち主が集まっていた。

きっと緊張しているだろうと、休憩時間につまめる軽食とスポーツ飲料を差し入れたところ、かなり好評だったらしい。

「服も全て仕上がりましたし、後は細かい調整ですね」

聡美が手元の資料を見ながら言った。

「招待状もすべて送付済みだよね？」

「ええ。主だったファッション雑誌に募集を出して、一般読者も二割ほど入る予定ですわ」

ネット方面に多大な影響力がある、パワーブロガーによる宣伝効果も期待出来ますから、と聡美が続ける。

「その分、失敗は許されないというわけか……」

「そうですね。匿名の一般人の評価は、他と比べて辛辣《しんらつ》になりがちですから」

一般読者の受け入れは夕月の提案だ。デザインには絶対の自信がある。実物を見てもらえば、必ず評価されると言っていた。

――つきん……

真琴はスーツの上からそっと胸を押さえた。この間から、時折胸の奥がじくじくと痛む気がする。

「専務、大丈夫ですか？　少しお顔の色が……」

心配そうな聡美の声に、真琴は小さく微笑んだ。

「ちょっと緊張しているだけだよ。あと一週間だと思うと、ね」


――そう。もう、あと一週間。

――新ブランド、SHERI&VIANの発表まで。

――省吾さんと約束したその日まで。

プロジェクトは佳境に入っている。交代で徹夜しながら作業を進めるスタッフが出始めて、真琴も最終チェックや広海への報告、メディアへの対応と、ここ最近は目が回るほど忙しい日々を送っていた。そんな状況だから、省吾と二人きりで会う機会もない。――でも。

……会議のたびに熱い瞳に見つめられて、身の置きどころがなかった。顔が赤くならないよう注意するのが精一杯で、徐々に発言回数が減っていったことに、皆気付いただろうか。

会わない時間が出来て、ほんの少しほっとしている自分が情けない。胸の痛みは当分治まりそうになかった。

(ちょっと疲れが出ているのかしら……)

最近眠りが浅く、熟睡できていない。そのせいか、疲れが溜まっている気がする。身体もどこか重だるい感じがした。

「今日はもう、お早めにお休み下さい。ここまでくれば、当日に向けて体調を整えるのが一番の仕事ですよ?」

気遣わしげな聡美に、真琴は素直にうなずいた。

「そうさせてもらうよ。衣装を確認してから帰宅する」

「はい……では、その旨夕月さんにお伝えしておきますわ」

一礼した聡美が、ヒールの音を響かせて足早に立ち去った。真琴も踵《きびす》を返し、大広間から衣装が置かれている控室へと向かった。


「綺麗……」

様々な衣装のハンガーラックがひしめく中央に飾られたマネキン達。そのドレスは、一番奥のマネキンに着せられていた。

最初に見た時から、このウェディングドレスが一番綺麗だと思っていた。

花嫁衣裳を身に纏《まと》ったマネキンの前に立った真琴は、その美しさにうっとりと見惚れる。こうして形になったドレスは、デザイン画で見ていた時よりも、さらに洗練されていた。

手を伸ばして、そっとスカート部分に手を触れる。

(『SHERIL』の布……)

薔薇《ばら》模様の刺繍《ししゅう》が施《ほどこ》されたアイボリーに近い白の生地が、優雅なドレープを描いていた。これを着て歩いたら、ふわりと風に舞うように、スカートのひだが揺れるだろう。

隣のマネキンが着ているのは、男性用の礼服。こちらは中世の騎士に似たデザインで、ドレスと対になっているのか、姫君をエスコートする騎士のように見えた。

『製作したのは念のため！　ですわ。ショウが了承しなければ、公表しません』

そう神谷は言い切ったが、この出来栄《できば》えを見てしまうと、公表したくなる気持ちもうなずけた。

(でも、これは『誰かのため』に作ったものだから)

モデルは一人に決まっている。だから……

公表しないと決めたことは後悔していない。兄のように正しい判断は下せなかったけれど。

(省吾さんの気持ちを大切にしたいから)

真琴はくしゅん、とくしゃみをした。

急に寒気がしてきて、二の腕を擦る。スーツの上着を着ているのに、ぞくぞくと悪寒が走った。

(風邪を引いたかしら……)

早く帰って寝よう。

最後にもう一度ドレスを見て、入り口へ向かおうとした時、背後からふわっと抱き締められた。

「えっ……？」

「……会いたかった」

切羽詰《せっぱつ》まったような声。熱い唇が、真琴の耳の後ろにキスを送る。

「省吾……さ、んひゃっ」

首筋を舌で舐《な》められて、くすぐったさに身を捩《よじ》った。

振り向くと、獣めいた瞳が真琴を見つめている。少しこけた頬が、さらに野性味を増していた。

飢えたような視線に、身体が痺《しび》れてしまう。抱き締められた真琴は、省吾の熱い呟《つぶや》きを耳にした。

「お前に飢え過ぎて、夜も寝られない」

「っ！」

真琴の肩に頭を乗せた省吾は、くぐもった声を出した。

「こうしていると落ち着く。お前の香りが堪《たま》らない」

ちくりと首筋に痛みが走った。

どんどん身体が火照《ほて》ってきて、身体が動かない。これは抱き締められているせいなのか、風邪のせいなのか。

「お前……？」

省吾が首筋から顔を離し、真琴の顔を覗《のぞ》き込んだ。

ぼうっとしている真琴の額《ひたい》に、大きな手が当てられる。

「熱があるぞ。大丈夫か？」

「熱……？」

身体が熱いのはそのせい？

省吾の顔に焦点が合わない。足元がふらつく真琴の腰を、省吾の腕が支えた。そのまま逞《たくま》しい腕に抱き抱えられた真琴は、ぐったりとその身を預け、そのまま意識を失ってしまった。

間章　獣の懸念《けねん》と王子の怒り

あれから省吾は森月に連絡を取り、ホテルの地下駐車場に車を手配するよう伝えた。

「お車の用意が出来ました」

森月が顔を強張らせて走り寄る。真琴が倒れたと聞いた彼女の行動は早かった。

省吾は人目につかないよう、業務用のエレベーターを使って地下まで降りる。腕の中で熱い吐息を漏《も》らしている真琴の身体は、とても軽かった。

「熱がある。意識も朦朧《もうろう》としているようだ」

「大丈夫ですか、広海様!?」

うっすらと真琴が瞳を開けた。

「さと……みさ……ん？」

真琴の顔を覗《のぞ》きこんだ森月は、安心させるようにうなずいた。

「すぐにご自宅に戻りましょう。もう車が来ていますし」

「……そ、う……」

再び目を閉じた真琴を抱いたまま、省吾は森月を見た。森月はこちらです、と近くに停まった黒いタクシーへと案内した。

ドアが開いた後部座席に、ぐったりとした真琴の身体を乗せる。頬が赤くなり、呼吸も荒い。瞳は閉じられたままだった。

「ありがとうございます、桐谷社長。本日はこれで失礼させて頂きます」

頭を下げ、真琴の隣に乗り込む森月を省吾はじっと見ていた。タクシーがゆっくりと走り出した後も、省吾はその場に立ち尽くす。

「真琴……」

――最近、忙しくしていると聞いていたが、あんなに体調が悪くなっていたとは。

力が抜けた身体は、あまりにも軽かった。

(大丈夫なのか？　あいつ……)

あと一週間。体調は戻るのだろうか。省吾はぐっと口を引き締めた。

(新ブランドの発表には、お前がいないと……)

本当は付き添いたかったが、生憎作業が山積みになっている。加えて、真琴が抜けた穴もカバーしなくてはならないだろう。

後で森月に様子を聞こうと決意して、省吾は駐車場を後にした。

＊＊＊

真琴は真っ白な空間にいた。

（ここ……は）

少し離れた場所に黒いスーツを着て、一人佇《たたず》む省吾の姿が見える。その横顔は、何かに悩んでいるようで、思わず真琴は彼に駆け寄ろうとした。

（省吾さん）

声を掛けても、彼は真琴の方を見なかった。別の方向をじっと見ている。

真琴もそちらに顔を向けると、そこにはレースのベールを被った花嫁が立っていた。アイボリーホワイトの生地が風に揺れる。

（……あの、ドレス……）

彼女が着ているのは、紛れもなくあのウェディングドレスだった。

ハイウェストの切り替え部分から、滝のように流れるドレープ。ギリシャの女神を彷彿《ほうふつ》とさせる身体のライン。マネキンが着ていた時よりも、もっとずっと綺麗に見えた。

省吾が笑顔で、花嫁に左手を差し出した。白いレースの手袋をはめた手が、省吾の手に重ねられる。ベールの下、ピンク色の唇が緩《ゆる》やかに弧を描いていた。

省吾の手が、ゆっくりとベールの裾《すそ》を上げていく。真琴は露《あら》わになった花嫁の顔を見た。とても幸せそうな笑みを浮かべているのは……

——あれは……？

ざあっと強い風が吹いた。白い花弁が舞い、二人の姿をかき消していく。

真琴は手を伸ばしたが、その手には花びらしか掴《つか》めなかった。

(省吾さ、ん……)

辺りがまた、真っ白な空間に戻る。

同時に真琴の意識も、白い世界へと消えていった。

「真琴……」

ベッドで眠る妹を、広海はじっと見つめる。

聡美が意識のない真琴を連れ帰った時、全身から血の気が引いた。無理をさせたと悔やむ広海を尻目に、聡美はさっさとパジャマに着替えさせ、医者の手配もしてくれた。

医者の見立てでは、疲労が重なったところに悪性の風邪をひいたのだろう、ということで、ゆっくり休めば大丈夫だと言う。そこでようやく、広海は一息つくことが出来たのだった。

『真琴様がご自分で決意されたことですから。広海様もご自分を責めないで下さい』

聡美はそう言い残して社に戻った。

たまたま自宅に荷物を取りに戻っていた拓実は、すぐにこちらに向かうと言う。

じんわりと汗がにじむ額《ひたい》を、冷たいタオルで拭いてやった。解熱剤を注射したせいだろうか、かなり汗をかいている。

「……ん」

眉を顰《ひそ》めた真琴が顔を横に向けた。首筋にタオルを当て、汗を拭いた広海は、その瞬間かっと目を見開く。

「っ……！」

横向きの白い首筋に浮かぶ、赤い痕《あと》。その意味は――

ギリ、と広海は奥歯を噛み締めた。タオルを握り締めた右拳《こぶし》が、わずかに震える。

「あ、の野郎っ……‼」

腹の底からどす黒い怒りが、這《は》い上がってくる。

（真琴に、手を出していやがったのか‼）

つまり、桐谷は真琴の変装を見抜いていたということだ。全て承知していながら、今までこちらに何も言わずにいたのか。

「あいつ……！」

入れ替わりが明らかになれば、真琴はもう広海のフリが出来なくなる。そうなれば、あいつが真琴に会う機会も確実に減る。

（俺のいない所で、あの男は真琴に迫っていたに違いない。真琴が最近眠れずにいたのは、それが原因か⁉）

湧き上がる怒りと共に、罪悪感も浮かび上がって来た。広海は赤い頬をした妹を静かに見下ろす。真琴が無理をしたのは、自分のせいだ。怪我をした兄の身代わりとして、一生懸命頑張って——

(真琴……)

真琴は桐谷のことについて何も言わなかった。自分に心配を掛けたくなかったからか、それとも。

(真琴もあいつのことを……?)

あのドレスを見れば、桐谷の想いは一目瞭然《いちもくりょうぜん》だった。

あれのモデルは真琴だ。真琴が気に入るのも不思議ではない。真琴のためだけにデザインされたドレスなのだから。

「……ふん」

はあ、と熱い息を漏《も》らす妹を見る兄の目は、無表情な顔の中で異様な光を放っていた。

十五　そして姫君は囚《とら》われる

「では、これが本日の資料ですわ、真琴様」

「ありがとう、聡美さん」

真琴はベッドから起き上がり、資料を受け取った。

「もう熱も下がったし、明日にでも出社しようと思うんだけど……」

と言いかけた真琴は、聡美が首を横に振るのを見て、口を閉じた。

「今の段階で、専務の決裁は必要ありません。作業自体も現場の担当者に任せておけるレベルです。真琴様は、本番に備えてゆっくりなさって下さい」

「……でも、皆頑張っているのに一人だけ休むなんて……」

「今まで人の何倍も頑張ってこられたではないですか。皆、後は任せて安心して養生してほしいと申しておりましたわ」

真琴はふっと視線をベッド際に向けた。そこに飾られているのは、色とりどりの花の山。

「まるで、お花屋さんですわね？」

聡美の言葉に、少し照れながらも真琴はうなずいた。

――そこには、お店の開店祝いかと見間違うほど、綺麗な花束が所狭しと並べられていた。

『SHERIL & VIAN』プロジェクトのメンバーだけでなく、ＭＨＴカンパニー社員やヴェルヴ社員からも。

ふふ、と聡美が笑う。

「真琴様のお力は本当にすごいんですよ？　ご本人はまったく自覚されていませんが」

聡美は、真琴が倒れた後の話をしてくれた。皆が真琴のために頑張ろうと言ってくれたこと。本番には元気な姿を見せてほしいと言っていたこと。

兄の仕事ぶりと比較して引け目を感じていた真琴にとって、そんな心遣いが堪《たま》らなく嬉しかった。

「鈴音ちゃんもメッセージをくれて。ショー楽しみにしてますって言われたわ」

その内容を思い出して、真琴は微笑む。

――鈴音がすでに作家としてデビューしており、現在恋愛小説を連載しているファッション誌の取材でショーを見に来る、と知った時には驚いた。送られて来た写真には、真琴が監修したショーの招待状――『SHERIL & VIAN』の金のロゴが入った白い封筒を手にした鈴音が笑顔で写っている。

図書館でも自分で物語を創って子どもたちに披露してくれていたが、まさかそれが本職だったとは、まったく気が付かなかった。

「省……桐谷社長といい、クリエイティブな血筋なのかしらね」

真琴は枕元に置かれた白い薔薇《ばら》の花籠《はなかご》を見た。花芯が薄いピンクで、とてもいい香りのする花だ。

真琴は目を瞑《つむ》って、瑞々《みずみず》しい匂いを嗅《か》いだ。

「桐谷社長から真っ先に届きましたものね。余程心配されたのでしょう」

「そうね……」

省吾が倒れてしまった自分を車に乗せてくれたらしい。その辺りはぼんやりとしか覚えていない。

（心配掛けてしまったわよね……）

早く治して、戻らないと。真琴がそう思った時、聡美がベッドサイドの丸いテーブルの上を見た。

「真琴様。これは？」

「あ。それは、お兄様が」

真琴はぽつり、と言った。

「『どこか静養に行きたい場所はないか？』って置いていって。大袈裟よね、ただの風邪なのに」

聡美がカラフルなパンフレットを手に持って、しげしげと見た。

「……フランスにギリシャにハワイ……真琴様が行ってみたいとおっしゃっていた場所ばかりですわね」

「そうなの。お兄様にも気を遣わせてしまって……」

ベッドから出ようとすると、じっとしてろと怒られる。拓実まで兄と結託して、この部屋から出してくれない。思わず溜息をついた真琴に、聡美はくすりと笑った。

「ここはゆっくり身体を休めて、本番に備えて下さいね。皆待ってますから」

「ええ、そうするわね」

真琴が資料を確認するのを見届けた聡美は、お辞儀をして真琴の部屋を出て行った。


『大丈夫か？』

ホテルで倒れて家に戻った翌日、気がついた一通のメール。

『疲労と風邪だそうです。少し休めば大丈夫です。ご迷惑をお掛けします』

『待ってる。元気になってくれ』

真琴は枕元に会社の携帯電話を置いた。そう言えば、省吾にプライベートの番号は教えていなかった。

（あの薔薇《ばら》……）

――夢の中のあのドレスの柄と同じ、白い薔薇《ばら》。とても綺麗で、でも、あれを省吾が選んだのかと思うと、少し笑ってしまった。

「省吾さん……」

ショーが終わったら。そうしたら、この想いに名前を付けよう。そして、きちんと彼に告げるのだ。自分の正直な気持ちを。

真琴は微笑みながら目を瞑《つむ》り、そのまま柔らかな眠りの世界へと溶け込んでいった。


「ふう……」

真琴はクローゼットの鏡を覗《のぞ》き込んだ。そこに映る自分の顔は、いつになく硬かった。

(やっぱり緊張してる、わよね……)

何日かぶりに身に着けるワイシャツは、やや固い感触がする。

——今日、全部終わったら。そうしたら、省吾さんに……

鏡の中の栗色の瞳はもう、揺れていなかった。

(決めたから。ちゃんと……言うって)

ふう、と息を吐いた真琴が、今日はどのネクタイにしようか、とクローゼットのネクタイ掛けに視線を泳がせた時ノックの音がした。

「はい」

ゆっくりと、ドアを開けた真琴は、目を見張った。

「お兄……様?」

そこに立っていたのは、鏡の中の自分かと思わず錯覚してしまうような姿の兄だった。

「そ、の……ネクタイ……」

聡美さんが、お兄様に贈ったもの。一緒に買いに行った、ミルカの……

久々に見る兄のスーツ姿に、真琴は呆然とした。少しやつれているが、その堂々とした立ち姿は、スーツが似合う自慢の兄に変わりない。

「真琴」

広海は真琴の横を通りすぎ、すたすたと部屋の中に入って来た。そしてテーブルの上に置いてあった、会社の携帯と真琴のスマホを手に取る。

「お兄様？」

携帯とスマホを上着のポケットにしまった広海に、真琴は目を見開いたまま声をかけた。広海が真っ直ぐに真琴を見る。

――その瞳の光の強さに、真琴は思わず息を呑んだ。

「今日から、俺が行く」

「え……」

聞き違いかと思った真琴は、まじまじと広海の顔を見る。シークレットシューズを履いていない真琴は、広海よりもやや背が低かった。

「お兄様？　一体……」

広海が真琴に投げる視線は厳しかった。

「真琴……お前、桐谷に何か言われているだろう」

「えっ!?」

息を呑んだ真琴に、ますます広海の表情が硬くなる。

「あの男が、お前を追い詰めたんだな？」

「っ！　違……っ……」

必死に言葉を紡ごうとする妹を、兄は遮《さえぎ》った。

「違わない。お前が夜に眠れず、倒れるまで体調を崩したのは、仕事だけのせいじゃない。そうだろう」

「お……兄、様……」

無表情にも見える広海の顔に、真琴は兄の怒りの深さを知った。

「俺は最後までお前にやらせようと思っていた。『SHERIL & VIAN』は……お前が創り上げたものだから。だが、これ以上お前をあの男の傍《そば》に置くわけにはいかない」

何を言ってるの、お兄様!?

「おに、いさ――」

「……真琴」

力強い手が、真琴の両肩を掴《つか》む。

「お前は充分やってくれた。俺の代わりに慣れない仕事をこなして、だから」

呆然と見上げる真琴に広海は言った。

「もう、お前は……『高階広海』になる必要はない。今日からお前は『真琴』のままでいいんだ」

「お兄様!?」

「『高階広海』は、この俺だ」

広海はぎゅっと真琴を抱き締め、やがて手を離した。くるりと踵《きびす》を返した兄に、真琴は必死に右手を伸ばす。

「お兄様!? 待ってお兄様! 私、今日行かないとっ……!!」

広海の後を追い、廊下に出て上着を掴《つか》みかけた真琴の手を、横から伸びてきた大きな手が掴《つか》んだ。

「拓実さん!?」

常と同じ笑みを浮かべた拓実がそこにいた。

「いつの間にここに!?」

「広海の後ろにずっといたよ? ……真琴ちゃん、気がついてなかったけど」

力一杯身をよじっても、腕を振り払えない。

「っ、拓実さん、離してっ!」

「ごめんね、真琴ちゃん。今日は俺と一緒にいてくれ」

「お兄様っ!」

真琴の縋《すが》る視線の先には、兄を待つ、いつもと同じ紺色のスーツ姿の。

「聡美さん!?」

「……真琴様」

聡美が一礼した。彼女の瞳は何を考えているのか、まったく読めなかった。

広海は聡美に並び、そして真琴を振り向いた。

「あの男には、俺が話をつける。お前はもう、あいつに惑わされなくてもいい」

「お兄様っ！　違うの!!」

真琴は必死に広海に叫んだ。

「私、省吾さんのことっ……！」

「真琴」

兄の言葉の裏に潜《ひそ》む、抑えつけられた感情に、喉までせり上がっていた言葉が止まった。

「お前が、俺のフリをせざるを得なくなったのは……俺のせいだ」

「……!!」

「結果的にお前を、あの男に近づけてしまったことも……全て俺の」

「違っ」

「……だから、俺がけりをつける」

ちら、と兄の視線が拓実に逸れた。

「頼んだぞ、拓実。今日俺は戻るのが遅くなるから」

「りょーかい。真琴ちゃんと二人きりってチャンスイベントだからなあ。楽しませてもらうよ」

余計なことはするなと脅すように言った広海は、次に真琴に視線を戻した。

「お前は今日、ここにいろ。どうせ外に出たところで、会場には招待状なしでは入れない。周りは俺が手配した警備員で囲まれてる」

「……！」

「あいつらに連絡を取ろうとしても無駄だ。ショーの準備で、それどころではないはずだからな」

愕然《がくぜん》とした顔の真琴に、広海は言葉を続けた。

「お前はしばらく、海外で静養しておけ。俺と桐谷は、新ブランドの立ち上げがあるから、日本《ここ》を離れられないが」

「お兄様っ!?」

「ハワイなら、親父が購入したコンドミニアムがあるだろう。飛行機は手配しておく」

そう言った広海は、真琴に背を向けて、躊躇《ためら》うことなく歩き出した。聡美は一瞬、揺れる瞳を真琴に向けたが、軽くお辞儀をして広海の後を追った。

「お兄様っ……！」

絞り出すような真琴の声は、立ち去る広海の背中に届いていたが、彼が振り返ることはなかった。

十六　華やかな舞台裏　～王子と獣の対決～

「衣装の数はすべてＯＫ。小物類も……」

省吾はショーで使う衣装や小道具のチェックを行っていた。一通り自分で確認しないと気が済まないためだ。

――コンコン。

ノックの音が控室に響いた。省吾は入り口の方を見た。ドアがゆっくりと開き、細身のスーツ姿をした男性がそこに立っていた。

「……!?」

近付こうと一歩踏み出したところで、身体が止まった。省吾の心臓が、どくっと嫌な音を立てる。

薄いブルーのスーツに紺色のネクタイ。栗色の柔らかそうな髪も、栗色の瞳も同じ色彩なのに。

――身に纏《まと》う空気が……違う。

俺を切り裂きそうなこの雰囲気は。あの時、『彼女』の前に立った……!?

「お前……」

表情を強張らせた省吾を見て、ふっと『彼』が口元を歪めて笑う。

「『高階広海』だが？　お前も知っている通り」

冷たく硬い声。知らず知らずのうちに、省吾は拳《こぶし》を握りしめて、いた。

「高階広海……本人か」

「ああ。今更、確認か？」

……違う。あいつならこんな表情はしない。どこかせせら笑うような、高圧的な笑顔など。

ここに、こいつが来たということは、あいつは。

（真琴……！）

黙り込んだ省吾に、『広海』が言った。

「もう体調も回復したからな。復帰に支障はないと判断した」

「なんだと……」

「本当はもっと早く復帰するつもりだったんだが」

「……」

「無駄にさせたくなかった。あいつの努力を。……だが、事情が変わった」

「……っ！」

つかつかと足早に近寄って来た広海が、ぐい、と省吾の胸倉をネクタイごと掴《つか》んだ。間近で見る、鋭い栗色の瞳。省吾も『彼』を睨み返した。

「一発殴らせろ。お前は……」

ぐっと引っ張られ、ネクタイが緩《ゆる》む。

「俺の大切なものに、手を出した」

省吾は真っ直ぐに、広海の瞳を見た。

「顔は殴るな」

「……何？」

冷たく睨む視線を、そのまま返す。

「今日は、『SHERIL & VIAN』の正式発表の日だ。あいつが、必死に努力して、ここまでこぎつけたものだ」

「……」

「その発表の場に、ヴェルヴの社長が頬を腫《は》らして出ることは出来ない。あいつの努力を、台無しになどさせない」

言い終わった瞬間、深く重い衝撃が省吾の鳩尾《みぞおち》を襲った。身体をくの字に曲げた省吾は、二、三歩よろけて呻《うめ》いた。

「ちっ……！」

拳《こぶし》を引きながら、忌々《いまいま》しげな声で広海が言った。

「事故の前だったら、床に這《は》いつくばらせてやれたのにっ……」

「広海様。そろそろお時間が」

いつもの冷静な秘書の声がドア付近から聞こえた。広海は「分かった」と言い、踵《きびす》を返した。

「そうそう。妹の真琴のことだが」

入り口で立ち止まり、鳩尾に手を当てている省吾を見ながら、広海が言った。

「外には出られるようになったが、まだ静養が必要でな。……しばらく海外に行かせることにした」

「な……に……っ……」

うずくまりそうな痛みを堪《こら》えて、顔を上げる。広海の表情は冷静だった。

「……お前には、もう会わせない」

省吾は、冷たい栗色の瞳を睨んだ。くっ……と呻《うめ》き声が漏《も》れる。彼はふっと笑うと、足早に部屋を出て行った。部屋の外にいた森月は一瞬省吾に視線を投げ、それから一礼して『彼』の後を追った。

（真琴っ……）

本気の目だった。あいつ、本気で真琴を俺から隠すつもりだ。省吾はぐっと拳《こぶし》を握り締めた。

「そんなこと……させるものか……っ！」

まだ何も告げていない。まだ何も。またあの柔らかな微笑みが俺の前から消える？　冗談じゃない。

「省吾!?　どうしたの!?」

瞳が誠と共に入って来た。険しい省吾の顔を見た誠は、おやと片眉を上げる。

「……瞳。ショーの構成を変える」

「なっ……」

信じられない、と呟《つぶや》いた瞳に、省吾は薄く笑った。

「ああ、分かってるさ。この期に及んで進行を変えることが、どれほど影響が大きいか。だが――」

今を逃せば、また手が届かなくなる。……あいつに。

「……あれを最後に持ってくる」

瞳は大きく目を見開いた。そして興奮したように、頬を赤らめて破顔した。

「やっとその気になったの!?　そういうことなら協力するわよ！　さっそくモデルを決め――」

「……それは決まってる」

省吾は誠の方を向いた。

「お前と懇意《こんい》にしていた雑誌記者、来てるだろう」

眼鏡越しの瞳が、きらりと光った。

「ああ、招待状送ったからな」

「少し協力してもらう。……それから、あの秘書……森月にも連絡しろ。高階専務に知られないように」

瞳は一瞬考え込んだが、ぐっと親指を立てた。

「任せておいて？　私はプロよ。どんなに進行を変えても、その場の人間、全てを魅了する舞台を作り上げてみせるわ」

「ああ、頼むぞ」

あの程度の脅しで、俺が引き下がると思ったら、甘いぞ。必ず手に入れる――あいつを。

省吾は背を伸ばし、上着のポケットからスマホを取り出して、電話を掛け始めた。

十七　魔女は姫君を掻《か》っ攫《さら》う

「お願いします、拓実さんっ！　私、どうしても……っ!!」

「だめだよ、真琴ちゃん。ほら、落ち着いて」

ずずっと紅茶入りのカップをすすり、ゆっくりと拓実が言った。セーターにスラックス姿の拓実は、悠々とした態度を崩さない。焦る真琴とは対照的だった。

「行っても無駄だって、言ってただろ？　君を入れないように、警備員に指示ぐらい出すぜ、あいつなら」

真琴はきゅっと唇を噛み、膝の上に置いた両手を握り締めた。お手伝いの瑞恵《みずえ》が入れてくれた紅茶もお茶菓子のクッキーも、喉を通らない。

拓実と部屋に閉じこもって早一時間半。もう、兄は彼に会ったはずだ。

（お兄様、省吾さんに、何を……）

——本気だった。お兄様。

兄が本気で怒ったらどうなるか、よく知っている真琴はぶるっと身震いをした。

（省吾さん……！）

このまま会えなくなるのは嫌だ。まだ、何も話してない。まだ、何も聞いてない。まだ、何も。

真琴はあちらこちらに視線を走らせた。

拓実がずっと傍《そば》にいて、自由が利かない。スマホは広海が持って行ってしまった。電話も人も取り次がないように、と広海が使用人に申し付けたせいで、外の様子も分からない。

（何とかしないと……）

真琴は自分の格好を見下ろした。普段着のワンピース姿。こんな服装で、二階のこの部屋の窓から出ることは出来ない。ドアは一つしかなく、拓実が見張っている。

もう一度拓実に頼もうと真琴が口を開きかけた時、軽いノックの音が聞こえた。真琴ははっとドアの方を見る。すかさず拓実が立ち上がり、内側からドアを開けた。

ドアの向こうにいた、お手伝いの瑞恵がお辞儀をした。

「真琴お嬢さまに、お客様がいらしてます」

拓実が眉を寄せて、小柄な彼女を見下ろした。

「へぇ……誰？　広海から、誰も取り次ぐなって言われてるんだけど。君も聞いたよね？」

拓実の言葉に、彼女は困ったように眉を顰《ひそ》めた。

「ええ、ですが……」

ちら、と瑞恵が部屋の中の真琴を見た。

「真琴お嬢さまが絵本を読んでいた、子どもたちからのお見舞いだと」

「え……」

真琴は目を見張った。それって……

「志野鈴音さんとおっしゃる、高校生のお嬢さんが来られてます」

曲線を描く階段を降りると、アンティークの棚が飾られた広い玄関ホールがある。鈴音は大きな両開きのドアのすぐ近くで待っていた。真琴の顔を見て、鈴音の顔がぱっと明るくなる。

「真琴お姉さんっ！　元気になったみたいでよかった！」

鈴音ががばっと真琴に抱きついて来た。『Berry ＊ Kiss』のスカートにジャケット姿の鈴音は、にこにこと真琴を見上げて笑う。

「鈴音……ちゃん」

大きな鞄《かばん》を斜めに肩にかけた鈴音は、にっこりと笑って言った。

「怪我の具合が良くなったって、図書館の人から聞きましたっ！　それで、住所を教えてもらって来ちゃいました！」

真琴から手を離し、鞄《かばん》をごそごそと引っ掻《か》き回した鈴音は、白い箱を取り出した。

「これ、皆で作ったお見舞いが入ってます。お部屋に飾って下さいね？」

「あり……がとう……」

戸惑いながら真琴が箱を受け取るのを見た鈴音は、ひょい、と首を傾《かし》げて、真琴のすぐ後ろに控えている拓実の方を見た。

「お兄さん、真琴お姉さんの恋人ですか？」

「すっ、鈴音ちゃん!?」

真琴が焦って言うと、あはは、と鈴音が笑った。

「だって、双子のお兄さんじゃないでしょう？　全然似てないんだもの」

拓実がはっと鈴音に笑い掛ける。

「よく見てるね、お嬢ちゃん。俺は真琴ちゃんの兄、広海の友達だよ」

拓実の言葉を聞いて、ぽん、と鈴音は両手を叩いた。

「やっぱり〜。そうだと思った！　だって、王子っぽくないんだもの、お兄さん。どっちかって言うと、『従者』って感じ？」

「辛辣《しんらつ》だね〜今ドキの女子高生は」

「そうですかぁ？　結構こんなもんですよ？」

再び真琴を見た鈴音は、またにっこりと笑った。

「ねえ、真琴お姉さん？」

「なあに？」

「私とデートしませんか？　美味しいケーキ屋さん見つけたんです！　真琴お姉さんと行きたいなあって前から思ってて！」

ぐい、と真琴の右腕に左腕を絡ませた鈴音は、そのまま真琴を引っ張ってドアの方へと向かった。

「す、鈴音ちゃ……？」

「真琴お姉さんも家の中だけじゃ、息詰まるでしょ？　たまには息抜き必要ですよ〜」

(鈴音ちゃん、まさか)

「悪いな、お嬢ちゃん。真琴ちゃんと俺は、ただ今絶賛デート中なんだよ」

拓実がずいっと近寄って来た。すると鈴音は真琴の身体を自分の背に回す。

「えーっ、ダメですかぁ？」

うるうると両手を組んで、上目遣いに拓実を見上げる鈴音を、真琴は斜め後ろから呆然と見る。

「だめだめ。お嬢ちゃんがいくら可愛くても、これは譲れないね」

「お兄さんって、結構ケチですねえ」

「あー、それよく言われるなあ」

ははっと笑った拓実に、鈴音が笑いながら鞄《かばん》に手を突っ込んだ。

「じゃあ仕方ないです」

鈴音の瞳が怪しく光り、突然大きな声で叫ぶ。

「走って、真琴お姉さん！」

「鈴音ちゃん⁉」

真琴が躊躇《ちゅうちょ》したのは一瞬だった。箱を手に持ったまま、咄嗟《とっさ》にドアを開けて走り出す。

「真琴ちゃ……！」

真琴に手を伸ばそうとした拓実目掛けて、鈴音は鞄《かばん》から取り出した丸い物を投げつけた。

――パンッ‼

何かが弾けるような音が響く。

「うわっ‼」

拓実が一瞬怯《ひる》む。その隙に鈴音も走り出した。

「ぐあっ……こ、……かっ‼」

呻《うめ》くような声が後ろから聞こえたが、「早く、こっちこっち！」という鈴音の声に、真琴は後ろを振り向かずに走り続けた。スリッパが片方脱げそうになったが、必死に鈴音の後を追う。

大きな門柱の向こうには、黒いタクシーが停まっていた。「早く！」と手招きする鈴音は、先に後部座席に乗り込んだ。

「すず――きゃっ！」

大きな手が、真琴の左手首を掴《つか》んだ。白い箱が足元に落ちる。頬を紅潮させ、瞳も真っ赤に染めた拓実が、ぐいと手を引いた。

「……ったく、ひどい目に遭《あ》った」

目を擦っている拓実に、鈴音が「うわあ」と声を上げた。

「お兄さん根性あるね!?　これ、痴漢《ちかん》撃退用ボールなのに！」

「引き受けた以上、責任があるからな。真琴ちゃんは――」

「――拓実さん！」

真琴は大きな声で拓実を遮《さえぎ》った。拓実が血走った目で真琴を見る。

「行かせて下さい、お願いします！」

真琴は必死に頭を下げた。手首を持つ手に力が込められたが、真琴は構わず言葉を続ける。

「どうしても行きたいんです。お兄様が私のことを考えてくれてるのは分かってます。でも！」

頭を上げた真琴は、拓実の瞳を真っ直ぐに見た。

「嫌なんです。このままだなんて、嫌なんです。私は――あそこに行かないと、だめなんです！」

皆で創り上げた『SHERIL & VIAN』のもとへ。省吾さんのもとへ。真琴はぎゅっと唇を噛み締めた。

「真琴ちゃん」

「お願い、拓実さん……」

拓実の表情が一瞬辛そうに歪んだ。

「広海、大激怒するぞ。それでも？」

「はい。お兄様には私が話します。拓実さんにもご迷惑はお掛けしません。だから」

行かせて下さい――その言葉に、拓実が唸《うな》った。頭をぼりぼり掻《か》いた拓実は、困ったように微笑む。

「あー、もう。真琴ちゃんの泣き顔に弱いんだよ、俺」

「え……？」

拓実が真琴から手を離し、そっと真琴の頬を撫でた。そこはいつの間にか濡れていた。

「行くだけ無駄だと思うけどね。あー、目が痛てえ。これはすぐに洗わないとなあ」

拓実はくるりと踵《きびす》を返し、右手をひらひらと振った。

「拓実さん」

「真琴お姉さん、早く！」

鈴音の声に、真琴は慌ててタクシーに乗り込んだ。鈴音が「急いで車出してください！」と運転手に頼む。真琴は窓を開け、走り出したタクシーから顔を出して叫んだ。

「拓実さん、ありがとうございます！　ごめんなさい！」

その声は拓実に聞こえたのかどうか、彼は一度もこちらを振り返らなかった。

「ふう〜何とかうまくいったあ……」

汗を拭っている鈴音に、真琴は恐る恐る尋ねた。

「鈴音ちゃん。拓実さんは大丈夫よね？」

「あー、大丈夫ですよ。あれは単なる痴漢《ちかん》撃退用ボールですから。とうがらしやこしょうの成分が入ってて、人にぶつけるとしばらく涙と咳が止まらなくなります。でも、人体に影響はないんで、水洗いすれば問題ありません」

鈴音はそんなものを持ってきたのかと、真琴は目を丸くした。

「あれで引き下がってくれたからよかったものの……ダメだったら鞭《むち》とか手錠とか使わないといけないところでした」

鞭《むち》!?　真琴の頬が引き攣《つ》る。

「あ、さっき渡した箱の中身もそのボールです。必要な時に使って下さいね？」

鈴音の口から次々と出てくる怖ろしげな単語に、真琴は何も言えず、ただうなずいた。

「……あのね、真琴お姉さん。私が作った物語を聞いてくれますか？」

鈴音が、真面目な顔で真琴の顔を覗《のぞ》き込んだ。タクシーの窓の外、街の風景が流れていく。

「あるところに、とても綺麗な王子様とお姫様がいました。王子様は、お姫様をとても大切に想っていました」

「……」

「ある日、王子様が怪我をして休んでいた間に、お姫様は森の狼さんと仲良くなってしまいました」

鈴音ちゃんは分かってる？

「でも、それを知った王子様は、大変腹を立てました」

「すず……」

「王子様は、大切なお姫様を守ろうと、塔にお姫様を閉じ込めて、従者に見張るように言いました」

「鈴音……ちゃん」

「……でもね」

鈴音がふっと笑った。

「森の狼さんは、お姫様に会いたくて堪《たま》らなくて、王子様に立ち向かうことにしました。そして、お姫様を連れて来てほしい、と森の魔女に頼みました」

そこで言葉を切った鈴音は、真琴をじっと見つめた。

「……お姫様はどうしたいと思いますか？　王子様に守られたままがいいですか？　それなら……このまま塔に戻りますけど」

――真琴は、鈴音のくりんとした瞳を見た。それから足元を見る。汚れたスリッパ。なりふり構わず、そのまま走ってきたからだ。

……そう。お姫様の出す答えは、もう決まってる。ぎゅっと握った拳《こぶし》に力がこもった。

「鈴音ちゃん」

真琴はゆっくりと言った。

「お姫様は……自分で狼さんと話がしたいって思ってる。だから、狼さんのところに、連れて行ってほしいって」

その言葉を聞いた鈴音は、嬉しそうに笑った。

「運転手さん、宋集社《そうしゅうしゃ》に行って下さい」

鈴音が前に身を乗り出して、運転手に指示を出す。「はい、分かりました」と言う声と共に、タクシーの右ウィンカーが点滅する。

「鈴音ちゃん、宋集社って」

えへへ、と鈴音が照れたように笑う。

「真琴お姉さんに魔法を掛ける場所だよ？　まあ、任せておいて、この森の魔女さんに！」

ウィンクする鈴音に、思わずくすりと笑った真琴だった。

十八　記者会見　～魔女と姫君の潜入劇～

「新ブランド名は、『SHERIL & VIAN』。大人の女性をターゲットとしたブランドになります」

瞳の説明に、パシャパシャとフラッシュがたかれる。

「今まで、十代女子向けのデザインを手がけてきたショウが、方向転換ですか!?」

「幅が広がった、とお考え下さい。『Berry ＊ Kiss』等、従来ブランドも当然ショウが担当いたします」

記者の質問にも淀みなく答えていく瞳の左隣に座った省吾は、その右隣に座っている広海に視線を投げた。

冷静な顔。事故後初めての公式会見とあって、記者からも遠慮ない質問が飛ぶことがあったが、事を荒立てず、さらりとかわしていた。

(さすがだな)

「高階専務にお伺いいたします。あの事故から半年、改めて今の心境をお聞かせ頂ければ」

「申し訳ございません、本日の質問は新ブランドに――」

記者の質問を止めようとした瞳を、広海は手を上げて遮《さえぎ》った。

「……私がここに戻ってくることが出来たのは、ＭＨＴカンパニー社員一同で私を支えてくれたおかげです。また、本ブランド企画を私が復帰するまで待っていてくれた、ヴェルヴの桐谷社長を始め、ヴェルヴ社員の皆さまにも感謝している次第です。ありがとうございました」

広海が頭を下げると、おぉーっとどよめきが記者内で走った。フラッシュの数が増える。

「もう怪我の具合はよろしいのでしょうか？」

「ええ、通常業務には支障ありません。無理せず治していこうと考えています」

次々と矢継《やつ》ぎ早《ばや》に飛ぶ質問にも、動じることなく答えていく広海。

本当に隙がない。丁寧な受け答えの中に感じる、明確な意思。確かにこいつは、大会社ＭＨＴカンパニー社の専務なのだろう。

あいつだったら、戸惑っていたかもしれない。もしかすると、この場に妹を出したくなかったのか、この男は。省吾はそう思った。

「……ショウは本日もご紹介頂けないのですか？」

女性記者からの質問に、瞳が答える。

「全て明らかにしてしまっては、楽しくないでしょう？　秘すればこそ花、と言えるのですわ」

その他にも質問が飛んだが、広海・瞳・省吾の三人で、難なく答えていった。

――記者会見終了後、省吾はポケットのスマホを見た。待っていた連絡が入っていた。

『姫君奪還成功。これから潜入開始』

省吾はスマホを握りしめる。すると瞳がそっと傍《そば》に寄り、耳打ちしてきた。

「……十分後、小会議室に森月さんを呼んでおいたわ。高階専務には、その時間、誠からショーの説明させるから」

「……分かった」

省吾は記者会見場となった大会議室を出て、小会議室へと向かった。


「沙羅先生、遅いですよ～！」

「ごめんなさーい、秋田さん」

「あ、もしかして、こちらが!?」

――鈴音に連れて行かれたのは、宋集社の大部屋の一つ。机がずらりと並べられ、壁際の本棚にもぎっしりと本や雑誌が並べられていた。

「高階真琴です。初めまして」

真琴はショートカットボブの女性に頭を下げた。秋田、と名乗ったその女性は、大きな丸眼鏡の奥の瞳をキラキラさせている。

「本当っ、美形ですよね、沙羅先生！　男女どっちでもいけそうです！　双子のお兄さんもいらっしゃるんですよね⁉」

あの話のモデルですよね～と、悶《もだ》える秋田が言った言葉に、真琴は目を丸くした。

「あの話……？」

首を傾《かし》げた真琴に、鈴音がまあまあと秋田を宥《なだ》めた。

「秋田さんは昔の私の担当編集者で、『Femin《フェミン》』って雑誌に移ったの。秋田さんの紹介でエッセイ連載中なんだけど、今回、ＭＨＴカンパニーとヴェルヴ合同のブランド、『SHERIL & VIAN』の潜入レポをそこに載せる予定なの」

「『Femin』って、ファッション誌の？」

「そう！　十代向けだけど、大人ブランドの紹介ってことでね。だからほら」

鈴音が鞄《かばん》から取り出した白い封筒をひらひらさせた。白地の封筒に金色のロゴ。今日のショーの招待状だ。

「ほら、先生。さっさと準備しましょうよ。真琴さん、わけが分かってないでしょうから」

「あ、そうだ。秋田さん、頼んでたものは？」

「はい、こちらです！」

秋田がよいしょ、と段ボールを出してきた。中を開けた鈴音が、はい、と真琴に手渡す。

「これ……」

渡されたのは、黒髪のウィッグ。その他、洋服やら靴なども入っていた。

「作家さん達が作品のモデルが欲しいって時に、コスプレしたりするんですよ～。これはその衣装や小道具です」

「そうですよ、真琴お姉さん」

鈴音がウィンクした。

「これで、堂々と中に入れるでしょ？　真琴お姉さんには、念のため変装してカメラマンになってもらうけど」

「鈴音……ちゃん……」

声が詰まった。全部、私のために……

「あり……がとう……」

瞳を潤《うる》ませた真琴に、鈴音はふふっと笑った。

「まだ泣くのは早いよ、お姫様？　だって、これから王子様と狼さんに話つけに行くんだから」

「そう……よね」

真琴はそっと目元を拭って、鈴音に微笑んだ。

「さあ、こちらで着替えて下さいな。時間が迫ってますよ！」

「はーい、秋田さん。さ、真琴お姉さんはこっち！」

「ええ」

真琴は、秋田と鈴音と共に、案内された小部屋へと歩いて行った。

＊＊＊

――舞台裏では、慌ただしく最終チェックが行われていた。

「最終確認はＯＫね!?」

「はい、神谷さん！」

「あと、小道具と照明も確認して！」

「ここの進行はどうするんだ、誠？」

「ああ、それはこのパターンだ……全体時間もまあＯＫ。少しばかり時間延長できるよう、ホテル側には交渉済みだ」

「分かった……あと、こちらを……」

その様子を見ながら、広海は留守電に入っていた、拓実に電話を掛け直した。

「……真琴が逃げた!?」

『ああ……すまん。やっぱり俺、真琴ちゃんに厳しくは出来ないな。凶暴な女子高校生と一緒にそちらに向かったよ』

「なんだ、それは」

凶暴な女子高校生だと……？　広海は辺りを見回した。桐谷、神谷、夕月は全員この場にいて慌ただしく作業中だ。

「まあいい。こちらに来ても、中までは入り込むことは難しい。仮に入ってこれたとしても、作業中のあいつらと連絡を取ることは出来ないだろうからな」

『あんまり真琴ちゃんを責めるなよ？　そちらに行かせてくれって泣いてたんだから』

「分かった。じゃあな」

携帯をポケットに入れる。聡美がやや眉を顰《ひそ》めて言った。

「……広海様、何か？」

聡美の問い掛けに、広海は声を潜《ひそ》めて答える。

「真琴が家を出たらしい。こちらに向かってるだろう」

「真琴様が？」

「見つけたら、俺に連絡してくれ」

「はい、分かりました。広海様、最終確認して頂きたい書類があるのですが」

広海は聡美が渡した書類を確認しながら、真琴《いもうと》のことを考えていた。

（どうする気だ？　真琴……）

拓実を説得して抜け出したか。ここからどうする？　俺は生半可なことでは認めないぞ。

広海は書類を聡美に返し、控室へと向かった。

十九　華やかなる幕開け　～そして王子は囚《とら》われる？～

「宋集社Femin編集部様、ですね。どうぞお入り下さい」

秋田と鈴音、そして——黒髪ウィッグに黒ぶち眼鏡、一眼レフを首に下げ、パンツスーツ姿になった真琴の三人は、入り口の警備を難なくクリアした。

秋田は「では、私はお先に会場に」とエレベーターへと向かう。会場となっている大広間のパルテノンの間は十一階だ。客たちはぞろぞろとエレベーターホールに集まっている。鈴音はジャケットのポケットからスマホを取り出し、すらすらと何かを確認した。

「こっちみたいです。さ、行きましょ」

「え、こっちって従業員用じゃ……」

「いーのいーの、こっちで」

鈴音は賑わうエレベーターホールを通り過ぎ、右に角を曲がったところにある業務用と書かれたドアを開けた。中に入ると業務用と扉に書かれたエレベーターが二基ある。鈴音が大きな昇降ボタンを押すと、ゆっくりと銀色の扉が開いた。

真琴と鈴音は中に入り、鈴音がエレベーターのパネル盤の前に立った。

「えーと、パスワードは……っと」

ピピピ、とスマホを見ながらパスワードを入力した鈴音は、十一階のボタンを押した。扉がゆっくりと閉まり、エレベーターが昇り始める。

真琴はどきどきする胸を押さえた。これからどうするのか、まったく何も考えてはいない。鈴音が何か考えてくれているようだけれど……

――ただ……話がしたい。ただ、会いたい。省吾《あなた》さんに。

その想いだけは、はっきりしているから。だから……

(だから……会いに行きます)

真琴はぐっと拳《こぶし》を握り締め、その手を口元に当てる。

十一階エレベーターを降りた途端、真琴は突然誰かに腕を掴《つか》まれた。

「さ！　捕獲成功！」

「神谷さんっ⁉」

その人物とは、なんと神谷だった。

「瞳おねーさん、ここに来てて大丈夫？　王子様にバレないの？」

神谷は鈴音に親指をぐいっと立てた。

「今頃王子も捕獲されてるはずよ？　あちらは誠担当」

「うわー腹黒眼鏡に捕獲って……かわいそー」

鈴音の言葉は棒読みだった。

「さ、時間がないんですから！　急いで下さいっ！」

「あ、あのっ、鈴音ちゃん！」

神谷に引っ張られながら、真琴は鈴音の方を振り返った。

「ありがとう、鈴音ちゃん！」

鈴音はぐっと親指を立てた。

「頑張ってね、真琴お姉さん！　会場で応援してるからね〜」

手を振る鈴音をその場に残し、真琴は神谷に連れられて廊下を走り、ある部屋の中へと飛び込んだ。

＊＊＊

——その、ほぼ同時刻——

「広海様」

資料に目を通していた広海は、聡美の声に顔を上げた。もうすぐショーの開催。桐谷を始め、ヴェルヴの主要メンバーは全て裏方に回っている。広海は会場のスタッフ席で最後の確認をしていたところだった。

「何だ？」

「ショーの進行が変更になったとのことで、夕月さんがお話があるそうです。こちらに来て頂けますか？」

広海は眉を顰《ひそ》め、腕時計を見た。開始まで、あと十分。これで、変更だと!?

「急にモデルが変更になったそうです。どうしても、順番を変える必要があり、そのことの確認をお願いしたいと」

広海ははあ、と溜息をつき、席を立った。席に資料を置き、聡美の後について、スタッフ用の出口から会場を出る。

小部屋に行くために、角をまがった瞬間……いきなり両脇から、がしっと男二人に二の腕を掴《つか》まれた。広海の目の前に、夕月が立つ。きらり、と彼の眼鏡が光った。

「高階専務。森月さんからお聞きしているでしょうが、ショーの構成が変更になりまして」

「どういうことだ？　これは」

広海は腕を振り払おうとしたが、まだ筋肉の戻っていない身体では太刀打ちできない。

「それで、是非とも専務のお力をお借りしたいのですよ。これも全て『SHERIL & VIAN』のためです」

「ふん、この腹黒眼鏡野郎が。何企んで――」

「おやおや、私は純粋にこのプロジェクトの成功を願っているだけですよ？　そうですよね、森月さん？」

「聡美っ!?」

広海は聡美の方を見た。聡美の表情は変わっていない。

「広海様。とにかくこの場は彼らの言うことを聞いて下さい。決して悪い話ではありませんので」

「お前……っ」

「私が、このプロジェクトにどれだけ注力してきたかはご存知でしょう？　そして真琴様がどれだけ努力してきたのかも」

「真琴だと……？」

大きく目を見開いた広海に、聡美はゆっくりとうなずいた。

「真琴様のためですから。お願いいたしますね？」

にっこりと笑った聡美の笑顔に、広海の背筋は寒くなった。この口調の時の聡美は、正直言って苦手だ。

「では、夕月さん。お願いいたします。広海様は怪我がまだ完治されていませんから、手荒な真似は許しませんよ？」

「分かっていますよ。あなたを敵に回すほど、俺は馬鹿じゃないので」

「ふふ……では、失礼します」

「……!!」

一礼して立ち去る聡美の後ろ姿を、そのまま見送った広海は、ぎりと夕月を睨み付けながらも、大人しく小部屋へと連れ去られて行った。

「……では皆さま、『SHERIL & VIAN』の作品を、どうぞごゆるりと堪能《たんのう》して下さい」

黒のパンツスーツ姿の神谷が舞台でお辞儀をすると、会場から一斉に拍手が沸いた。

ぱっと会場の照明が暗くなる。スポットライトが中央のランウェイと舞台に当てられる。

——軽快なＢＧＭに合わせて、『SHERIL & VIAN』のスーツを着たモデルが、舞台袖からランウェイに歩いて来る。わあっと歓声が客席から上がった。

華やかなショータイムは、華麗にその幕を開けた。

二十　王子と姫君の婚礼衣装

「ほら、見て下さいっ！」

スタッフの女性に促《うなが》されて姿見の前に立った真琴は、思わず息を呑んだ。

アイボリーがかった白地の布に薔薇《ばら》の刺繍《ししゅう》。ふわりとゆれるドレープのスカート部分に、優しく身体のラインにフィットしている上半身。胸元のドレープが、ギリシャ時代の女神像のような曲線を描いている。その中央に、しずく型の大きなクリスタル。三重に連なったパールが、クリスタルの留め金でつながっている。

くるくるっと巻いたウィッグを付け、耳元には、これもまたなみだ型のイヤリングがぶらさがっている。白いレースの手袋も、薔薇《ばら》の刺繍《ししゅう》が施されている。

鏡に映る自分の姿は、自分とは思えないほど美しかった。サイズもぴったりで、裾《すそ》を直す必要もない。

「でも、このドレス……」

――省吾さんが公表したくない、と思っていた……

「さすが、ぴったりですわね」

神谷が感心したように言った。

「……このドレス、あなたをイメージして創ったんですよ、ショウは」

「えっ？」

真琴は神谷を振り返った。神谷はふふっと意味ありげに笑う。

「だから、あなた以外のモデルには着せない、と言ってたんです。でも……」

神谷が真琴にウィンクした。

「あなたが着るなら、何の問題もありません。公表してもいい、と」

私のために創った……？　省吾さんが『誰か』のために創ったデザイン。あれは私のために……？

（じゃあ……省吾さんが好きな人って……）

きゅっと締まったウェスト部分も流れるような裾《すそ》も、確かに自分の身体にぴったりだった。身長の高い真琴が着るからこそ、生かされるデザイン。おそらく小柄な女性に、このドレスは合わないだろう。

このドレスこそが、省吾の気持ちを全て表わしていた。彼がどれだけ、自分のことを想っていてくれていたのか、その想いがドレスから伝わってくる。

（省吾さん……）

じわりと胸の奥から温かさが滲《にじ》み出て、全身に広がっていく。真琴は少しだけ、熱くなった目元を拭った。

「あ、あの、神谷さん。私……あなたにも謝らないと」

真琴の言葉に、神谷は首を横に振った。

「いえ、それには及びませんわ。なにせ、あなたのおかげで、今回ショウのデザインは傑作ばかりですから。あなたが『広海』だろうと、『真琴』だろうと、ショウが望んだ人であれば、それで良いんです」

「神、谷さん」

ぽす、と神谷が真琴の頭に、ベールを乗せた。

「ほら、このベール、顔の部分に三重のフリルがついているでしょう？　外から見ると、はっきり見えるのは口元だけで、顔全体は見えないようになってるんですよね」

はあ、と神谷が溜息をつく。

「なるべく顔見せないようにしろ、と我儘《わがまま》言うので作り直したんです」

ベールの位置を確認した神谷は、真琴に白い薔薇《ばら》のブーケを手渡した。滝が流れるようなデザインのブーケは、見た目より軽い。

「舞台中央で止まって、ポーズを取った後、このブーケを客席に投げて下さい。その後ランウェイを戻って来て、一度客席を向いて一礼した後、右そでの方に移動して、そのまま待機していて下さいね」

「はい」

「では、王子様がお待ちですよ？　こちらに来て下さい」

真琴はドレスの裾《すそ》をつまみ上げ、神谷の誘導に従った。


「真琴……？」

舞台裏に待っていたのは、同じアイボリー色の生地に、金の縁取《ふちど》りの衣装を着た広海だった。

「お兄様!?」

真琴は目を見張った。兄は、中世の騎士を思わせる詰襟のチェニックの上着に、サイドに金の刺《し》繍《しゅう》が入ったズボンを身に付けていた。

「本当に、王子様みたい……」

思わず本音を漏《も》らすと、広海は少し視線を逸らした。横を向いた兄の頬骨のあたりが少し赤くなっている。

「ったく……」

広海が小声で文句を言った。

「確かにブランドの宣伝になるのは分かってはいるが、あいつのデザインした服を着るのかと思うと……」

「お、お兄様、すごく似合ってますよ！　お兄様に合わせて作ったみたいに」

ふふふと含み笑いが、真琴の背中側から聞こえた。

「それは似合って当たり前です。男性用も真琴さんがモデルですから」

広海が真琴の後ろを睨み付ける。

「ですから、このウェディング衣装は、あなたたち兄妹しか着こなせないんですよ。おかげでお蔵入りになるところでしたわ」

ほほほ、と神谷の高笑いが響いた。

「ま、終わりよければすべてよし、です。そろそろ出番ですから、スタンバイして下さいね」

神谷に背中を押され、真琴は広海の傍《そば》に立った。じっとこちらを見ている兄を見上げる。

「ごめんなさい、お兄様……勝手に出たりして」

「ああ、そうだな」

「でも……」

きゅっと薄いピンクの唇を噛んだ。

「私……どうしても、話がしたいんです。省吾さんと」

兄の表情は変わらなかった。無表情な広海に向かい、真琴は言葉を続けた。

「お兄様が、亡くなったお母様との約束で、今まで私を守ってくれていたことは分かってます。今回のことも、私のことを想ってくれていたからだって」

「真琴……」

「でも、もう私は、小さな妹じゃないんです。いつまでも、お兄様に守られてばかりじゃいけないんです」

「……」

「どうか、話をさせて下さい。お願いします」

頭を深々と下げた真琴の耳に、兄が大きな溜息をついたのが聞こえた。

「頭を上げろ。本気なんだな、真琴」

「はい」

真琴が顔を上げると、兄はぷいっと横を向いている。

「桐谷との話はお前が片を付けろ」

小さな声だったが、真琴の耳にははっきりと聞こえた。

「お兄様！　ありがとうございます！」

真琴が満面の笑みを浮かべると、ぼそっと広海が呟《つぶや》いた。

「そのドレス。お前に似合ってる」

「ありがとう、お兄様」

ちっと広海が忌々《いまいま》しげに舌打ちをする。

「俺が企画しても、そこまでのものは作れない。本人は気に喰わないが……あいつの才能は認めざるを得ない」

（……嬉しい。お兄様が、省吾さんを認めてくれた）

にっこりと笑う真琴に、広海は照れを隠すかのように横を向いたままだった。

「次、出番です！　こちらに来て下さい！」

スタッフの声に、広海はほら、と左腕を差し出した。真琴は右手を伸ばし、兄の左腕に絡ませた。

二人は一瞬目を合わせ、互いにふっと笑った後、スポットライトが当たるランウェイへと一歩を踏み出した。

二十一　獣の告白とショーの終焉《しゅうえん》

ＢＧＭがクラシックに変わる。ゆったりとしたリズムに乗って、広海と真琴がステージに姿を見せた。

会場はどよめきに包まれた。先ほどまでのスーツやワンピースではなく、突然ウェディング衣装を着たモデルが登場したからだ。しかも……

「あの男性モデル、高階専務じゃないのか⁉」

「ええ！　本当だ！」

ヒールの音と共に、神谷がステージ左袖に立ち、マイクで説明し始めた。

「本日最後の作品……ショウデザイン初めてのブライダルシリーズとなります。モデルは、ＭＨＴカンパニー高階専務と妹の真琴さんです！」

さらに大きなどよめきと共に、一斉にフラッシュがたかれる。真琴は緊張と光に、一瞬くらっと目まいがした。

「真琴」

広海の声に、真琴は兄を見上げた。

「俺がついてるから心配するな。お前は前だけを見て歩け」

真琴はぎゅっと兄の腕をつかむ右手に力を入れた。

「はい、お兄様」

二人並んでゆっくりと歩く。ウェディングドレスのドレープが、真琴がランウェイを進むたびにゆらゆらと優雅にはためいていた。光を浴びたその生地の薔薇《ばら》の刺繍《ししゅう》が、きらきらと浮かび上がって見える。

たくさんの溜息と悲鳴のような歓声が聞こえてきた。スポットライトの光が、フラッシュの花が肌に熱い。

「妹さんって、あの事故で寝たきりだと言っていた……」

「もうすっかり良くなったようじゃないか！」

「二人とも衣装がばっちり似合って、すごく素敵っ！」

広海が客席に向かって微笑むと、きゃーっと客席から歓声が上がった。兄はこんな時でも堂々とした態度だ。真琴もおずおずと微笑みながら歩みを進める。眩《まぶ》しい光の海の中、立ち止まってポーズを取った後、真琴はブーケを客席に投げる。きゃーっと甲高い歓声と共に、ブーケを取り合ういくつもの手が見えた。

そのまま広海と真琴はそれぞれターンして、来た道をまた戻っていく。今度は真琴にも、微笑んで手を振る余裕ができていた。

神谷の指示通り、最後に客席を振り向き、二人並んでゆっくりとお辞儀をすると、歓声と共に割れんばかりの大きな拍手が会場から起こった。指示された通り、ランウェイを挟んで真琴が舞台の右側、広海が左側に立った。すると広海の右側にいた神谷が、一歩前に出る。

「では！　皆さま、ここでご紹介いたします」

よく通る神谷の声が会場中の注目を引いた。

「今回のメインデザイナー、ショウこと、桐谷省吾です！　皆さま、どうか大きな拍手でお迎え下さい！」

（……え⁉）

真琴が舞台中央を見ると、神谷と広海の後ろを通り、舞台の中央に向かう、いつもと同じ黒いスーツを着た省吾が見えた。照明がダウンし、スポットライトが歩く省吾を捉える。

「省吾さん⁉」

一瞬静まり返った客席だったが、次の瞬間、地鳴りのようなどよめきが会場中に響き渡った。

「桐谷社長っ⁉」

「ショウ！」

「今までマスコミに姿を見せることのなかったショウが、桐谷社長本人だったとは……」

「スクープだ、スクープっ!!」

一斉にフラッシュが焚《た》かれる。その中を省吾はゆったりと歩き、舞台中央からすっとランウェイを歩き始めた。

(——今までショウだってこと、隠していたのに!?)

真琴は呆然と、省吾を見ていた。向こうに見える広海の顔にも、驚きの色が浮かんでいる。

白い閃光《せんこう》の花がいくつも咲く中、省吾はランウェイの真ん中あたりで立ち止まった。そして客席に向かい、優雅に腰を折って挨拶をする。会場から湧き上がる拍手の渦《うず》。つられるように、真琴も拍手をしていた。

(省吾さん……)

こんな大勢の前でも堂々としていて、スマートで。目が惹きつけられる。圧倒的な存在感。客先からの歓声に手を振る省吾を見て、真琴は誇らしさを感じていた。

ぼうっと見とれていた真琴は、ランウェイを戻って来た省吾が、いつの間にか自分の前に立っていることに気がついた。

「省吾……さん」

ベール越しにでも分かる、熱い視線。省吾が締めているネクタイは、鈴音と一緒に選んだミルカのネクタイ。

そっと大きな右手が、真琴のレースの手袋に包まれた左手を取る。省吾が身を屈めて、手の甲に口付けをする。

「──俺の女神《ミューズ》……」

周りから、悲鳴に似た叫び声や眩《まぶ》しいフラッシュの光が湧いたが、真琴には分からなかった。省吾以外の世界中の全てが、消えていたのだ。

──ただ、目の前にいるこの人だけしか……見えない。

「綺麗だ。想像通り似合っている」

「あ、りが……とう……」

低い声に頬が真っ赤になった。ベールを省吾の左手が割る。真琴が見上げると、優しく微笑む瞳があった。

どくんどくんと心臓の鼓動が速まる。優しく頬を撫でる指の感触が、やたらと熱い。自分を熱く見つめる省吾の瞳に、真琴は何も言えないまま、ただ立ち尽くしていた。

「今日はショーのために着てもらったが」

一呼吸置いてから、省吾が言った。

「……今度は俺のためだけに着てくれないか」

「え……？」

一瞬、何を言われたのか理解できなかった。真琴がほけっとした表情のまま省吾を見上げると、省吾が身を屈める。真琴の左耳に、ベールの向こうから甘い声が聞こえた。

「愛してる……真琴」

真琴は、目を見張ったまま動けなかった。省吾の言葉がゆっくりと真琴の中に落ちてくる。

――愛してる。

「あ……」

愛の言葉《セリフ》が、ようやく真琴の心に届いた。

『愛してる……真琴』

視界がぼやける。ぽろっと零れた涙を、すらりと長い指が拭ってくれた。

「省……吾さ……」

胸がいっぱいで、言葉が出ない。言いたいのに……伝えたいのに……声が、涙が、止まらない。

黙ったままの真琴を見る瞳が、不安げに少し揺れた。それを見た真琴は堪《たま》らなくなって、手を伸ばした。

「真琴!?」

大きな胸に飛び込んで、自分の気持ちが伝わるようにと、ぎゅっと抱き締めた。わあああっと上がった歓声も、真琴の耳には聞こえていなかった。

「プロポーズの返事だと思っていいのか？」

確かめるような声に、顔を胸にくっつけたまま、こくこくとうなずいた。

安堵《あんど》の溜息が、省吾の口から漏《も》れる。そして逞《たくま》しい腕が、真琴の身体を包んだ。

「……やっと」

省吾が、ベールに顔を擦りつけるように言った。

「やっと手が届いた……お前に」

「真琴っ……！」

二人のもとへと駆け寄ろうとした広海の前に、マイクを持った記者が立ちはだかった。

「高階専務、おめでとうございます！　前代未聞ですよね！　ショーでプロポーズなんて!!　どうですか、兄としての心境は」

「……っ……」

広海が邪魔され、周囲がどよめきと歓声に揺れる中、凛《りん》とした声が会場を割った。

「――皆さま、お静かに!!」

スポットライトを背に、神谷が舞台中央に立っていた。神谷が、舞台右手で抱きあう二人をちら、と見てからマイクを口元に持っていく。

「我がヴェルヴ社長兼デザイナーの桐谷省吾と、ＭＨＴカンパニー高階専務の妹である真琴さんの婚約を記念いたしまして……」

一息入れた後、にっこりと神谷は華麗に微笑んだ。

「……クリスマス・イブに、『SHERIL & VIAN』ブライダルショーを行います！　お二人の結婚式を執り行うのと同時に、セレモニー形式でショーを開催します。そこで」

神谷の声が一層大きくなった。

「そのセレモニーで式を挙げるカップルを公募いたします！　募集条件は、『SHERIL & VIAN』の衣装を着て頂くことと、写真等が雑誌に掲載されることを許可して頂けることの二点です！　今から式を挙げるカップルの方、もう一度式を挙げたい既婚カップルの方も大歓迎です！　皆さま、ご応募の宣伝を、よろしくお願いいたします」

神谷のお辞儀と共に、再び歓声が上がる。

「どんな衣装になるんですか!?」「デザインは選べるんですか!?」など、記者から矢継ぎ早に質問が飛ぶ。

フラッシュが次々と焚《た》かれ、神谷を中心に記者が集まりだした。

「ほら、今の隙に」

ふと真琴の耳に、誰かの声が聞こえた。顔を上げると夕月がうなずいている。

それに省吾もうなずき返すのが横目に見えた。

「真琴、行くぞ」

「は、はい……っ!?」

ふわりと省吾が真琴を抱き上げると、またもやフラッシュと歓声が上がった。拍手喝采《かっさい》の中、省吾が軽くお辞儀をし、そして真琴を抱いたまま舞台袖に姿を消す。舞台を振り返った真琴が見たものは、記者に囲まれた神谷と広海の姿だった。

こうして——会場の熱気が、まだ冷めやらぬ中、『SHERIL & VIAN』初のショーは大盛況のうちに幕を閉じた。

＊＊＊

「真琴との結婚のために、マスコミを利用したか」

一通り即席記者会見が終わった後、控室に移った広海が呟《つぶや》いた。会場の熱気が移ったのか、ここにも蒸し暑い空気が充満していた。明らかにしたショウの正体。『SHERIL & VIAN』のブライダルショー。マスコミの前に餌をぶら下げて、まんまと『省吾と真琴が結婚すること』を既成事実に仕立て上げた。

——あの場で、広海が否定できないことも計算済みで。何しろ、否定すれば、『SHERIL & VIAN』のブライダルショーまで中止ということになる。真琴が大切に育てた新ブランドを貶《おとし》めるようなマネを、妹を溺愛する兄が出来るわけはなかった。

「ねえ、広海？　こうなること分かっていたのでしょう？」

聡美の言葉に、むすっとした表情を浮かべたまま、広海が答えた。

「俺に邪魔されたぐらいで諦めるような男なら、真琴をやる資格はない。真琴も俺に反対されて何も動かないなら、そこまでの思いじゃなかったということだ」

「まったく、素直じゃないんだから。あのドレスのデザインを見た時に、もう桐谷社長のことを認めていたんでしょうに」

聡美がやれやれと首を振ると、ふんと広海がそっぽを向いた。

「高階専務、ありがとうございました！　おかげで大反響でしたわ。専務のこと、『王子様』だと宣伝してくれるとか。これから男性物もばんばん売り出していきますわよ！」

ホクホク顔の神谷が後ろに夕月を従えて、控室に入って来た。聡美は「お疲れ様でした、神谷さん」とお辞儀をしたが、広海は鷹揚《おうよう》にうなずいただけだった。

「……で？　あいつと真琴は？」

腕を組んだ広海がそう尋ねると、夕月が冷静な声でしれっと言う。

「ああ、ショウは疲れが溜まっていたのでしょうね。ショーが終わり次第、休むと言ってました。妹さんの方は、私では分かりかねますが」

「貴様ら……」

広海がどすの効いた声を出し、一層目付きが鋭くなった時、「失礼しまーす」と明るい声が控室に響き渡った。

「瞳おねーさん、まこっち、お疲れ様ー！　すっごく素敵だった！　真琴お姉さんの花嫁姿、とても綺麗だったね！」

広海が入り口の方をじろりと睨むと、『Berry＊Kiss』ブランドのジャケットにスカートを着た少女が、こちらに歩いてくるところだった。大きな瞳をきらきらと輝かせた少女は、広海の前で立ち止まり敬礼のポーズをする。

「広海おにーさん、ですよね？　私、志野鈴音と言います。真琴お姉さんとは図書館のボランティアで知り合いました！　ついでに、桐谷省吾の妹です！」

あいつの妹？

おにーさんも綺麗ーと叫ぶ鈴音に、広海がはっと目を見張った。

「自宅を襲撃した狂暴な高校生というのは、お前のことか！」

鈴音の瞳がくりんと丸くなった。

「えー、ひどーい。ちょっと真琴お姉さんを連れ出しただけなのに……まあ、拓実おにーさんには涙流させちゃったけど」

まったく反省の色のない鈴音に、広海は頭を抱えた。

鈴音がきょろきょろと辺りを見回す。

「あれ？　お兄ちゃんと真琴お姉さんは？」

「目下、絶賛駆け落ち中」

神谷の声に、鈴音の瞳がぎらりと光った。

「やっと本気出したの、お兄ちゃん！　ヘタレ返上ね！　よし、追いかけてレポしよーっと」

スキップを踏みながら立ち去ろうとした鈴音に、すかさず広海が声を掛ける。

「こら、待て！　どこに行ったか、心当たりあるのか!?」

「さあ〜？　じゃあ、私はこれで〜」

「待て、この小悪魔！」

新郎衣装を着た広海を見て、くふふと鈴音が笑った。

「お兄さんも着替えた方がいいわよ？　そのカッコじゃ追跡は無理だし」

「お前ごときに言われなくても分かっている！」

あーだこーだと言い合う、組み合わせの異なる兄と妹に、聡美と神谷、そして夕月は深い深い溜息をついた。

二十二　そして、姫君は囚《とら》われる

「あ、あの省吾さん⁉」

「何だ？」

真琴はハンドルを握る省吾に、おろおろと話し掛けた。

「その、私達抜け出してきちゃいましたけど、ショーの後片付け」

「瞳と誠がうまくやる。心配しなくてもいい」

「は、い」

真琴はウェディングドレス姿のまま、省吾が運転する車の後部座席に座っていた。ドレス部分がかさばって、助手席に乗れなかったためだ。

真琴を抱き上げて会場を後にした省吾は、そのまま業務用エレベーターで地下まで降り、あっという間に真琴を車に乗せて出発した。

移動中、真琴はベールを脱ぎ、車窓から街の景色を眺める。ネオンサインが輝き始め、辺りは半分夜へと変化していた。見覚えのない風景に、真琴は省吾に尋ねた。

「今、どこに向かってるんですか？」

「俺の家」

省吾さんの家？　目を丸くした真琴に、省吾が言葉を続けた。

「お前を抱きたい。もう待てない」

「……！」

ストレートな言葉に、真琴の体温が一気に上がった。バックミラーに映る自分の顔は真っ赤っ赤だ。そんな真琴をちらと横目で見た省吾は、くすりと妖艶《ようえん》に微笑んだ後、何も言わずに運転に集中した。


マンションの地下駐車場に車を停めた省吾は、真琴を抱き抱えるようにエレベーターに乗り、最上階に向かった。真琴が周りを確認する暇もなく、あっという間に白いドアの玄関前に下ろされる。カードキーでドアを開けた省吾は、真琴の腕を掴《つか》んで中に入れた。

「省吾さ……ふ、んんんんっ!?」

広い玄関の壁に押し付けられて、身動きが出来ない。省吾の唇は飢えた獣のように、真琴の唇を食《は》んでいく。唾液が絡まる厭《いや》らしい水音が響く。まるで身体の中まで喰い破られそうな気がして、熱い恐怖が真琴の背筋を走った。

「お前のこの唇も」

「あっ」

肉厚な舌がぺろりと上唇を舐《な》めた。びくっと細い肩を震わせた真琴に、省吾は掠《かす》れた笑い声を漏《も》らした。

「美味《うま》そうで、ショーの間ずっと見ていた。甘くて柔らかいお前を、早く喰いたかった」

「省、吾さ」

抱き寄せられた省吾の身体が、熱くて堪《たま》らない。真琴の顔のラインに沿って小さなキスを落としていく省吾は、愛おしそうに真琴の頬を撫でた。

「本当に綺麗だが、今は邪魔だな」

省吾が真琴の背中に手を回し、あっさりとホックを外してファスナーを一気に下ろした。するりと柔らかな布が肌を滑り落ちていく感覚。足元にレースの束ができ、冷たい空気が白い肌に触れた。

ドレスのボディス部分の内側がコルセットのようになっていたせいで、真琴は上半身に何も身に付けていなかった。思わず両手で胸を隠す。

「し、皺《しわ》になっちゃいますよ!? せっかくのドレスが」

「大丈夫だ。このままでも元の形が崩れないように作ってある」

「ひゃあ!?」

ひょいと真琴を肩に担ぎ上げた省吾は、ドレスをそのままにして玄関から室内へと入った。

室内灯が灯ったシンプルな印象のリビングが目に入ったが、省吾はさっさとリビングを通り過ぎ、濃い木目のドアをがちゃりと開けて中に入った。

薄暗い室内の天井には、淡いオレンジ色の光が灯っていて、右側の壁沿いに大きなベッドが置いてあるのが見える。

省吾はそっと真琴をベッドの真ん中に下ろし、手際よくスーツを脱いでいった。恥ずかしくなった真琴は視線を逸らし、手触りのいいシーツを胸元に引き寄せ、意味もなく触っていた。

「真琴」

そっと伏せていた目を上げると、省吾の身体が自分の身体に覆《おお》い被さっていた。太い首に逞《たくま》しい腕。初めて見る省吾の裸の胸に、ひゅっと息を呑む。

「お前が好きだ。図書館で会った時から、ずっとお前のことが好きだった」

あの穏やかな時間。自分にとって忘れられなかった一時《いっとき》は、この人にとっても同じだったのか。

省吾の顔が滲《にじ》んで見えた。胸が熱くて痛くて、私もって言いたいのに、言葉が出ない……

「省吾……さん」

ぽつりと掠《かす》れた声を漏《も》らした真琴の唇は、再び獣の唇に囚《とら》われた。

「真琴……」

ねっとりと首筋を舐《な》める舌の動きに、真琴は喉元を仰《の》け反らせた。

「ん、あっ……省吾さ……」

ほっそりとした肩から鎖骨《さこつ》へと省吾の唇が移る。舌で舐《な》められ、肌を吸われて、真琴はただ甘い声を上げることしか出来なくなっていた。

「お前は綺麗だ」

省吾の手が、真琴の右の膨らみを掴《つか》んだ。柔らかさを堪能《たんのう》するみたいに、長い指が器用に動く。

下から上へと持ち上げられるように揉まれて、じわじわと真琴の身体の奥が熱くなってきた。

「はっ……あん」

「ああ、ここもピンク色だな。唇と同じ色だ」

硬く尖《とが》って来た胸の先端を、指できゅっと抓《つま》まれた真琴は、鋭い刺激に悲鳴を上げた。

「ひゃあんっ！」

真琴を見下ろす省吾の瞳が、一層深くなる。

「ああ、こりこりして気持ちがいいか？　硬くなって俺を誘ってるぞ」

経験のない真琴にとって、初めての刺激は痛みを覚えるほどだった。指が蕾《つぼみ》を擦るたびに、はっは、と熱い吐息が口から漏《も》れる。

「あっ……んっ」

「いい具合に尖《とが》って来たな」

「あああんっ」

省吾が左胸の蕾《つぼみ》を口に含んだ。くちゅりと厭《いや》らしい音がした後、省吾は唇を動かして甘い蕾《つぼみ》を吸ったり挟んだりした。

「ふっ、あ、ああんっ」

指よりも柔らかく粘着質な感触に、真琴はぶるりと身体を震わせた。そうしている間にも、大きな左手が右胸の感触を楽しむように揉みしだく。

省吾の右手は真琴の胸からわき腹のあたりをゆっくりと撫ぜ、時折指で円を描くような動きをしていた。優しく触れられているのに、どうしようもなく熱く怖くなって、真琴はぎゅっと両目を閉じる。

「柔らかいな、お前の肌。俺の手に吸いついてくる」

「きゃ……う！」

悲鳴のような声が真琴の口から漏《も》れた。じんじんと痺《しび》れるほどの熱い何かが身体中を走る。蕾《つぼみ》が舌に絡め取られて吸われるたびに、真琴はいやいやと首を横に振った。

「あ……や、だ……っ、ん……」

省吾の満足気な声が聞こえる。

「可愛い……真琴」

肌にかかる熱い吐息にも、びくりと反応してしまう。触られている全ての場所が、異様に敏感になっていた。すでに全身に広がった熱に、もどかしいような怖いような、わけの分からない感覚が真琴を襲う。

「……ん、っあ!!」

びくん、と一層大きく身体が跳ね、真琴は目をかっと見開いた。太股の付け根と下着の際をなぞっていた長い指が、すっと薄布の下に潜《もぐ》り込んで来たのだ。

「あ、ああ……、ん……っ……!!」

割れ目に沿って指で撫でられる感触に、今までにない痺《しび》れが足先まで伝わっていく。少しの違和感と共に、くちゅ……と淫らな音がした。

「濡れてる。ほら少しだけ入ったぞ」

嬉しそうな獣の声に、真琴の頬は燃えるように熱くなった。

「い、や、やあ……っ!!」

「……嫌じゃない。真琴が感じてくれてるってことだから」

省吾が指先をそっと動かす。そろそろとナカの粘膜を擦られて、痛みと痺《しび》れるような感覚が同時に真琴を襲った。身体の奥から、熱い何かがどろりと出て行くのが分かる。足をこすり合わせるように悶《もだ》える真琴は、省吾の指が下着に掛かっていたことにも気が付かなかった。器用に小さな布を取り去った獣は、白い太腿に両手を掛けてぐいと両側に開かせた。

「いやっ……ああああんっ！」

濡れたひだに熱い舌が当てられた。ただ動かずじっと当てられているだけなのに、身体の中がひくひくと勝手に動き出す。真琴が震える息を吐くと、ひだを下から上へとなぞるように舌が動いた。

「ひっあっ……あんっ、あっああ！」

子犬がミルクを舐《な》めるような音がする。じわりと滲《にじ》み出る蜜を、ゆっくりゆっくり舌が舐《な》め取っているのだ。太腿が小刻みに震え、どんどん熱さがお腹の中に溜まっていく。

「あ、あああっ……ひゃあああんっ！」

ちゅくと音を立てて、省吾の唇がある個所に吸い付いた。あまりの衝撃に、真琴は目を見開いた。

容赦ない唇と舌の攻撃に、熱いうねりが大きくなっていった。

「そこっ、だめえっ……ああ、あああんっ」

「いい、の間違いだろう。こんなに濡れて、花びらもひくひく動いてる。感じてるんだろ？」

「かっ、感じ……ああ、あああああっ！」

手を伸ばした省吾が、胸の蕾《つぼみ》を抓《つま》んだ。それと同時にぷっくり膨らんだ花芯を甘噛みされた真琴は、大きく腰をくねらせた。甘い波が、一気に真琴を押し上げる。

「あっ、ああっ……は、ああっ」

熱い息を吐く真琴の唇に、省吾が軽く唇を合わせた。

「軽くイッたか？」

「いく……って……あああん！」

再び襲ってきた熱い波に白い身体が跳ねた。今度は省吾の指が、隠された宝物を探すように、優しく花びらを分けていく。

「ん、あっ!!」

「ここだろ？　気持ちいいか？」

さっき吸われた場所。そっと指で抓《つま》まれただけで、電気が走ったみたいに身体が震える。

「あっ、い、やああっ……!!」

背中を反らした拍子に突き出た胸に、省吾がかぶり付く。舌が蕾《つぼみ》に巻き付き、口の奥へと強く吸われた。

「ああんっ、だめっ……！」

指と舌の動きに翻弄《ほんろう》されて、何を言ってるのかも分からない。ただ、経験したことのない熱い痺《しび》れが全身を巡っていることしか、分からない。

「だめじゃない。我慢するな」

ますます指が激しくなる。とろりと蜜が零れ出る入り口から、中に入る指。親指の腹で敏感な花芯を擦りながら、温かなナカで人指し指が動く。真琴が意識しなくても、省吾の指に纏《まと》わりつくひだは、もっともっとと奥へと誘っていた。

「ん、あっ、や……ひっ……ああああっ!!」

真琴の腰が一瞬浮いた。どくんどくんと脈打つ音だけが聞こえる。真っ白になった真琴の耳に、熱い吐息が吹きかけられた。

「まだ、これからだ」

「え……ああんっ!!」

真琴の中に、また指が入ってくる。今度は二本だ。狭い道を押し広げるような感触がする。真琴は鈍い痛みから逃れるように目を瞑《つむ》った。すると優しいキスが瞼《まぶた》に頬に、降り注ぐ。

「慣らすからしばらく我慢してくれ」

「ひゃ……ん、ああっ……!」

次第に鈍痛が、気持ちよさに変わっていく。くちゅくちゅという卑猥な音も、敏感になった神経をますます真琴を高ぶらせるだけだ。

ただただ身体を震わせて、甘い喘《あえ》ぎ声を漏《も》らす真琴に、省吾が苦しそうな声を出した。

「……もう限界、だ」

真琴の耳元で熱い囁《ささや》きが聞こえた。

「このままで……いいか？　俺はお前との子どもが欲しい」

「……ふ、あう、う、ん……？」

霞《かす》む意識の中で浮かんだのは、綺麗な漆黒《しっこく》の髪の子どもの姿。

省吾さんとの子ども……？　ああ、きっと可愛くて……

「……は、い……」

ぼんやりとうなずいた真琴の意識は、下半身を襲った鋭い痛みに引き裂かれた。

「く、あ、ああ……っ！」

痛みに力が入る身体を宥《なだ》めるように、大きな手が真琴の腰を撫ぜる。ふう、と力を抜いた瞬間——熱い塊が、一気に真琴を貫いた。

「い！　いた、いっ……!!」

あまりの痛さに、涙がぽろりと零れた。獣の唇が、目元をちゅっと吸い取る。

「慣れるまで、このまま我慢するから……だから力抜け」

「……んん、っ……」

歯を食い縛って耐えようとした時、熱い唇が重ねられた。早急に動く唇が真琴の唇をこじ開け、舌が中に差し込まれる。

「ふ……う、んん……」

舌のざらざらした感触すら、甘く感じた。口付けに夢中になっている間に、少しずつ痛みが治まっていく。胸を揉む優しい手の動きに、さっきまでの熱が再び襲ってきた。熱くて熱くて堪《たま》らない何かが、どんどん身体の奥に溜まっていく——

真琴は両手を伸ばし、省吾の身体に抱き付いた。滑《なめ》らかな、なめし皮のような皮膚の感触。愛おしむように、逞《たくま》しい背中に指を滑らせると、「くっ……」と呻《うめ》き声が省吾の口から漏《も》れた。

省吾の顔が苦しげに歪んでいる。汗がぽたりと真琴の肌に落ちてきた。息も真琴に負けず劣らず荒い。

「省吾……さん？」

「……何だ？」

「つら……いの？」

省吾は一瞬目を見開いたが、苦笑して、また唇をちゅっと重ねた。

「……違う。今まで経験したことないくらい……熱くて柔らかくて気持ちいい」

お前は痛いのに申し訳ないけどな、と彼が言葉を継ぐ。

霞《かす》む目に映る省吾が、とても愛おしくて。身体の奥からじんわりと熱が腰に広がり、硬い省吾をきゅっと締め付ける感じがした。

「くっ……！」

省吾が腰を仰《の》け反らせた。身体の最奥《さいおう》に当たる感触が、痛くて、でも、熱くて……もどかしい感じがして。

「……省吾、さん……」

真琴は右手を省吾の頬に当てて、呟《つぶや》いた。

「……すき……」

そう言った途端、省吾の表情が変わった。

「……っ、……んなこと、言われたらっ……!!」

「ひゃあんっ!!」

膝をぐいっと曲げられ、さらに深く貫かれた真琴は悲鳴を上げた。今までじっと動かなかった省吾が、激しく動き出す。

「あ、ん……お、く……っ、熱……いっ……!」

痛い。熱い。痺《しび》れる。揺さぶられて、わけの分からない感覚が身体を巡る。

「真琴……っ!」

掠《かす》れた省吾の声。時々獣めいた呻《うめ》き声も混ざった。

「ああっ……んん、や、やあっ……!」

真琴の背中が反る。陸に上がった魚のように、びくびくとベッドの上で跳ねる真琴の身体を、省吾がしっかりと抑え込んだ。

胸が揉みしだかれる。蕾《つぼみ》を抓《つま》まれるたびにひくん、と省吾に纏《まと》わりつくひだが揺れる。長い指が、二人が繋がっている部分の入り口を揉むように触ると、真琴の目の前で何かがぱちんと弾けた。白い熱波が真琴を襲う。

「ああっ……ん、も、う……だめぇぇぇっ……!」

真琴は悲鳴を上げた。ぐっと省吾の背中に回した手に力が入る。

「あ、ん、は、ああああああっ……‼」

頭の中が真っ白に染まった。身体が強張り、ぎゅっと熱い塊を締め付けた。

一瞬遅れて、省吾が背筋を強張らせ、呻《うめ》いた。

「……く、は……っ……！」

省吾が自分自身を解放するのと同時に、熱いモノが真琴をじんわりと満たしていく。ぼうっと熱い余波に漂《ただよ》っていた真琴の開いた唇に、優しく獣の唇が重なった。

真琴の手がぐったりとベッドに落ち、そのまま彼女は意識を失った。

間章　獣は甘くまどろむ

「……真琴？」

省吾は真琴の顔を見た。完全に気を失っている。

（初めてで、刺激が強すぎたんだろう）

そう思いながらも、薔薇《ばら》色に染まった白い肌を見ていると、再び欲望が目覚めるのが分かった。……だめだ、このまま続きをしてしまいそうだ。

自嘲めいた溜息を漏《も》らし、省吾は真琴から身体を離した。力の抜けた愛しい身体を抱き上げ、浴室へと運ぶ。そっと猫足のバスタブに寝かせるように下ろしても、真琴の目は開かなかった。

真琴の髪と身体をそっと洗う。余程、このままここで抱いてしまおうかと思ったが、最初から抱き潰してはいけないだろうと自分を戒《いまし》めた。

自分もざっとシャワーで洗って身体を拭いた後、真琴を再び抱き上げて椅子に座らせ、バスタオルで包んで拭いた。綺麗になった身体をソファに運び、ベッドのシーツを交換してから、再びベッドに寝かせる。

――ああ、本当に……綺麗だ。

静かに横たわる真琴は、女神のようだった。さっき、抱いたのが夢じゃなかったのか、と思えるほど。

白い肌に浮かぶ赤い花に、思わずにやりと笑みが零れた。俺のモノという印。ああ出来るなら、ずっと付けておきたい。真琴を狙う輩《やから》を牽制するためにも。

まだ平らな白い腹を見て、早く孕ませたい、という乱暴な思いが湧き上がる。

(真琴と二人で恋人気分を味わいたいのは、山々だがな……)

――とにかく、あの邪魔者《アニキ》を黙らせるのが先だ。もちろん、真琴との子どもが欲しいのは事実だが、もう邪魔されたくはない。

省吾は真琴の横に身体を滑り込ませ、上掛けを掛けた。真琴を後ろから抱き締め、幸せな気分で、瞳を閉じた。

姫君を捉えた獣のまどろみは、とても甘くて幸せな時間となった。

エピローグ　クリスマス・ブライダル　～姫君と獣の攻防～

「ふ……う、ん……」

息が詰まりそうな激しいキスに、身体の力が抜けて、ふにゃふにゃと崩れ落ちそうになった。真琴は逞《たくま》しい胸に縋《すが》りつく。

「……真琴……」

唇が解放された隙に、両手をスーツの胸元に当てる。

「ああ、あの、省吾さんっ」

「ん……？」

耳に当たる息が熱い。耳元から首筋に唇が移動し、そっと食《は》んでいく。

「やあっ……」

頭を逸らして、何とか甘い攻撃から遠ざかろうとした。

「あ、痕《あと》がついちゃ……だめ……」

にやり、と獣が笑った。

「……なら、見えない場所ならいいのか？」

……って、省吾さん!?　何スカートめくろうとしてるんですかっ!!

大きな手が足首から太腿目掛けて、すすっと上がってこようとした。真琴はその手を慌てて払い除《の》ける。

「だ、だめですっ!!」

「デザインにかかりきりで、なかなか会えなくて……お前に飢えてるっていうのに……つれないな」

「し、皺《しわ》になったら、どうするんですかっ!! せっかく……」

「……この生地は、皺《しわ》になりにくいから大丈夫だ」

「そ、そういう問題じゃ、なくて、ですね!!」

襲いかかってくる獣から、必死に身を護りつつ、真琴は大声で叫んだ。

「これから、私達の結婚式じゃないですかぁぁぁぁっ!!」

——あの甘い夜の次の朝……というよりも昼前。まだぼうっとしていた真琴を襲ったのは、興奮した一行の訪問だった。

慌てて省吾の服を着た真琴に、乱れた髪の省吾を見て、広海の視線は氷点下になり、逆に鈴音はハイテンションになった。

『真琴お姉さん、本当のお姉さんになるんですね！ 嬉しい！ で、どうでしたか？ お兄ちゃん、ちゃんとしてましたか!?』

『もう一度殴らせろ、桐谷っ！ よくも真琴をこんなに衰弱させやがって！』

と叫ぶ広海と鈴音に捕まった省吾と真琴だったが、もっと凄腕のハンターが登場した。

『で、ショウ？　長年の思いを遂げたんだから、これから徹夜してもらうわよ？』

完全に獲物ロックオンした目をした、神谷だ。

『なんといっても、二ヶ月半後ショーを開催するというのに、ブライダル衣装はまだ一点しかできてないんですからね！　恋焦がれていた女神も手に入れたんだし、どしどしデザイン描いてもらうわよっ!!』

『瞳っ……！』

『諦めろ。逃げ切れるわけないだろうが、この状態の瞳から』

何気にしらっと言う夕月のセリフが怖かった。真琴はまだ火照《ほて》っている頬に手を当てたまま、顔を強張らせた省吾を見上げる。

『真琴様もですよ？』

『えっ？』

聡美がずずいっと前に出てきた。

『あと二ヶ月半で結婚式……もう時間がありません。さっそく準備に取り掛かりますよっ』

『さ、聡美さん』

『広海様も、さっさと準備に取り掛かって下さい。大切な妹さんの結婚式にブランドの発表会ですよ。いくら時間があっても足りませんわ』

にっこりと微笑む聡美の笑顔が怖かった。

『聡美……』

兄の顔色が悪くなったのも、多分気のせいじゃない。真琴は聡美の偉大さをしみじみと感じ取った。

『とにかく！　二ヶ月半後のショーと結婚式に向けて、全力疾走よっ!!』

神谷の叫びのバックに、『おおーっ!!』という雄《お》たけびが聞こえたような気がした真琴だった。


それからの二ヶ月半は……言葉通り『目も回る忙しさ』だった。

省吾はあの部屋に籠《こも》り切り、『SHERIL & VIAN』のメンバーも総出で衣装作成に乗り出した。

神谷は公募してきた千通を超える希望者のうち、セレモニーで挙式を挙げるカップルを一組、モデルとしてショーに出るカップルを五組選び出した。そのカップル達との打ち合わせや衣装合わせ、モデル指導だけでなく、ショー全体の構成まで、祥子を補佐にしながら、まさに八面六臂《はちめんろっぴ》の大活躍だった。

夕月は他プロジェクトを社長代理でこなしつつ、省吾の代わりに全体スケジュールの管理を荒木と共に行っていた。広海も社に戻り、『SHERIL & VIAN』を始めとするブランドの業務を、聡美は秘書業務をしつつ、結婚式の準備の補佐。そして真琴は結婚式の準備で大わらわだ。

そのため、省吾に会う余裕はまったくと言っていいほどなかった。時間が取れたのは、両家の顔合わせの場だけだった。

鈴音に良く似た、どこか可愛らしい感じのする義母鈴佳《すずか》に、少し白髪交じりの髪の背の義父良《りょう》介《すけ》。どちらも真琴のことを大歓迎してくれた。

未だ入院中だった父の代わりとして同行した兄も、渋々『いいご両親だ』と褒めていたぐらいだ。

その後はまとまった時間も取れず、細切れの時間の合間に、少し顔を合わせるぐらいだったのだが。


……で、そのままあまり会えないうちに、もう式――

……で、そのまま控室で、襲われる羽目に⁉


「真琴……」

熱い囁《ささや》きに、膝に力が入らない。

（い、今まで、我慢してた分が、今⁉）

……あと、もう少しで呼びに来るのに⁉

「あ、あの、せっかく、綺麗にメイクもしてもらったしっ……」

「お前はいつだって綺麗だ」

「か、髪だってセットしてもらってっ……」

「少し乱れていた方がそそられる」

……あああ、どうしたらいいのっ⁉

ソファの隅に追い詰められた真琴は、涙目で迫ってくる獣を見上げた。

「そんな目で見るな」

省吾が苦しそうに呻《うめ》いた。

「もう、我慢できそうにない……」

「しょ、省吾さ……」

自分に覆《おお》いかぶさってくる熱い身体を避けることも出来ず、真琴が固まった時。

——がこん！

「っ!!」

省吾が姿勢を崩した。目を丸くした真琴の足元に、ごろごろと重そうな、いぼいぼボールが転がっている。

「お兄ちゃん！　何真琴お姉さん襲ってるのよ！　時間よ時間！」

いてて……と後頭部を押さえながら、省吾が振り返った。

「鈴音」

控室の入り口に、可愛らしい『Berry ＊ Kiss』のドレスを着た鈴音が鬼のような形相で立っていた。

「鈴音じゃないわよ！　ほら、式よ式！　皆待ってるんだから！」

ちぇ、と言いつつも、省吾は身体を起こして立ち上がった。真琴はほっとするあまり、ソファの背もたれにもたれかかった。

「……ったく、こんなところまで痴漢《ちかん》撃退グッズが役に立つとは思わなかったわ」

鈴音は部屋の外を振り返って合図をした。

「真琴お姉さん、メイク直ししないと。お願いします！」

メイク担当の女性とヘア担当の女性がささっと入って来て、真琴を鏡の前へ連れて行く。

……その間、省吾はみっちりと鈴音のお説教を聞かされていた。

そうして、十分後。超特急でメイク直しを完了した真琴は、省吾と共に式場へと向かったのだった。


――ホテルの広間は、まるで教会の中のように飾り付けられていた。

白い祭壇までのバージンロードの両脇には、白いリボンと百合が飾られ、招待客が座る椅子にも白いリボンが飾られていた。祭壇の後ろには、ステンドグラスを模した大きな飾りと、白いリボン。電子ピアノの演奏が、厳《おごそ》かに流れていた。

階が違う大広間で、ショーの真っ最中とは思えぬ静けさだ。真琴は、今戦場にいる神谷と夕月を思い出した。

『ったく、こっちにマスコミの目を惹きつけてる隙に挙式って……どこまでセコイの、省吾』

『まあ、仕方ないだろう、瞳。真琴さんをこれ以上他人に見せたら、盗られるんじゃないかと怯《おび》えてるからな、こいつ』

今ここにいるのは、省吾側は、良介に鈴佳、そして鈴音。真琴側は、車いすに乗った父親と付き添いの聡美、そして引き渡し役の広海だけだった。拓実にも声を掛けたが、『家族だけだし、遠慮しておくよ』と断られた。その代わりに、彼からは綺麗なピンク色のバラの花束と祝電がホテルに届けられていた。

カメラマンも一人きり。完全にプライベートな式だ。

真琴は、省吾と父親が待つ祭壇前へと、広海に手を取られながら、ゆっくりと歩いて行った。ドレスはもちろん、あのドレス。手に持つブーケは薄いピンクの薔薇《ばら》とかすみ草だ。

ベール越しにも感じる省吾の熱い視線に頬が火照《ほて》ってしまい、真琴は恥ずかしくて俯《うつむ》き加減になってしまった。そんな真琴に、広海が囁《ささや》く。

「……嫌なら、ここで引き返してもいいんだぞ？」

真琴ははっと顔を上げて、兄を見た。広海は今回は、黒の礼服姿だった。

「い、嫌じゃない、の」

「なら、顔を真っ直ぐ上げてろ。……母さんにもよく見えるように」

お母様にも……？　真琴はじわり、と涙が滲《にじ》むのを感じた。

「……見て……くれてるかしら……」

「当たり前だ。あれほど楽しみにしていた娘の晴れ姿、だからな。その辺にいるに決まってる」

超現実主義者で、幽霊など信じていない兄の言葉に、真琴は思わずくすり、と笑った。

「……お前はそうやって笑っていればいい」

広海の声には、少し淋しさが混ざっていたことに、真琴は後で気がついた。

黒の燕尾服《えんびふく》を着た省吾の一メートルほど手前で、広海は父親にエスコート役をバトンタッチした。まだ身体の動かない父親は、車いすを動かし、省吾のもとへと真琴と共に進んだ。「本当に綺麗だ、真琴。母さんを見ているようだ」と父に言われた時、また真琴の目には涙が浮かんだ。

「桐谷君、真琴を頼んだよ」

省吾は義理の父親から真琴の手を預かり、「幸せにします」とうなずいた。真琴の右手を持つ省吾の左手に力が入る。

涙ぐむ父親とは対照的に、広海はふんと鼻で笑った。

「いつでも戻って来ていいぞ、真琴？　こいつが嫌になったら、俺が迎えに行ってやる」

省吾の瞳が鋭くなる。真琴は強張った省吾の顔を見てから、兄の顔を見た。

「お兄様……」

真琴は微笑みながら、言った。

「私、省吾さんが好きなんです。だから……大丈夫です」

省吾が息を呑んだ。客席から、鈴音の声が飛ぶ。

「顔、真っ赤になってるよ、お兄ちゃん！」

え？　と真琴が見上げると、右手を口元に当てて、顔を逸らしている省吾の姿があった。耳たぶが赤い？

「……そういう可愛いことをこんな場で言うなっ……」

唸《うな》るようにそう言われた真琴は、首を傾《かし》げつつも、「はい」と素直にうなずいた。省吾の左手は、真琴の右手をしっかりと握ったままだ。

「では、よろしいでしょうか？」

教会から出張で来てもらった神父の言葉に、省吾と真琴は慌てて神父の方を向いた。

その後の真琴の記憶は、ふわふわしていて、あまりはっきりとは覚えていない。ほっそりとした真琴の左の薬指に、省吾が指輪をはめた時、彼の瞳が嬉しそうに輝いたのは覚えている。

「やっと……俺のものだ」

そう言った後、省吾は真琴から誓いのキスを奪った。

「……!!」

あまりの激しさに、思わず『食べられるっ!!』と恐怖に襲われ硬直した真琴は、熱い唇と舌の動きに気が遠くなっていった。

「お前、長すぎるだろうがっ!!」

「お兄ちゃん、やりすぎ!!」

広海と鈴音が助けてくれた時には、真琴はもう、酒に酔ったようにふらふらだった。そんな真琴を抱き締め、省吾は幸せそうに笑う。

その笑顔に、胸が痛くなった。痛くなるくらい、この人が好き。胸の奥から、そんな気持ちが指先にまで広がっていく。

真琴は潤《うる》んだ瞳で省吾を見上げ、そして微笑んだ。

「私、幸せです、省吾さん」

「……っ」

省吾の頬が赤く染まったかと思うと、真琴は力強い腕でぎゅっと抱き締められていた。

「今夜は寝かさないからな」

低く囁《ささや》かれた声に、今度は真琴の頬が熱くなった。省吾の体温に包まれて、ぼうっと熱に浮かされた真琴の後ろで、「こんなところで、いちゃいちゃするな！」「お兄ちゃん、頑張れ！」と兄や鈴音の声が聞こえる。

「後で逃げるぞ、真琴」

悪戯《いたずら》っぽく囁《ささや》いた省吾の瞳を見て、真琴は鈴音の物語を思い出した。狼に攫《さら》われたお姫様。狼に大切にされて、そして自分から狼を選んだお姫様を。

（お姫様は狼さんと幸せに……）

「はい、省吾さん」

真琴は自分だけの狼に向かって、満面の笑みでうなずいた。

そして獣は囚《とら》われる

「ん……？」

真琴は重い瞼《まぶた》を開けた。薄暗い天井に、ぼんやりと柔らかいオレンジ色の光が灯っているのが見える。身体はやたらと重だるい感じがするのに、温かさが気持ちいい。

「え……っ⁉」

寝返りをうって左を向いた真琴は思わず声を上げそうになり、手で口を押さえた。

すぐ目の前に、静かな寝息を立てている省吾の顔がある。どうやら、彼の右腕を枕に寝てしまっていたらしい。彼も自分も、何も着ていない。薄い上掛け一枚に包まっているだけだ。

（うわ……）

真琴はじっと省吾を見つめた。すっと通った鼻筋に長い睫毛《まつげ》。額《ひたい》に掛かる前髪は、しっとりと濡れていた。日本人離れした彫りの深い顔立ちは、どこにいても人目を惹く。少しこけた頬が、さらに精悍《せいかん》さを増している。

結婚式の直前まで、神谷に軟禁されてデザインを描いていたせいかもしれない。眠っているだけで、見ている相手をどきどきさせるなんてずるい、と真琴は思った。そっと手を伸ばして、張りのある肌に触れる。

「温かい……」

左肩から二の腕、そして鎖骨《さこつ》のあたりに指を滑らせる。自分とは違う、筋肉のついた厚い胸板。室内に籠《こも》っている時間が多い割には、緩《ゆる》んだところのない、引き締まった身体付きをしている。

何か運動でもしてるのかしら、と真琴は思った。式でも、自分でデザインした燕尾服《えんびふく》を着たスタイルのいい省吾に、つい見とれてしまったのは秘密だ。

「省吾さんの方がモデルみたいよね」

ちょっと逞《たくま》しすぎるけど、と口元から笑みがこぼれる。手のひらで胸をそっと撫でた。しっとりとした感触と弾力が伝わってくる。左の頬を胸に当てると、心臓の音と男の汗の匂いがした。唇を肌に押し当てながら、真琴は小さな声で呟《つぶや》く。

「好き……」

「俺もだ」

え、と思う間もなく、真琴の身体は仰向けに転がされ、気づけば省吾の腕に囚《とら》われていた。

「しょ、省吾さん、起きて……っ、んんんっ!?」

開いた唇は、あっさりと獣の餌食《えじき》になった。息が詰まるような、深い深いキス。ゆるりと動く舌が口の中をくまなく弄《いじ》っていく。舌と舌が触れ合うだけで、背中から蕩《とろ》けてしまいそうになる。

ようやく真琴の唇が自由になった時、彼女の息は完全に乱れていた。

にやりと艶《あで》やかに笑った省吾は、真琴の右手を掴《つか》んで、その甲にキスをした。

「お前がどこまで触ってくれるのか、楽しみにしてたんだが。我慢できなくなった」

「っ！」

ということは、かなり前から起きていたのか。かあっと身体が熱くなった。

真琴はううと唸《うな》りながら、じと目で省吾を睨んだ。

「省吾さんの意地悪」

「お前が可愛いのが悪い」

省吾はごろんと仰向けに転がり、真琴の身体を自分の上に乗せた。そうして彼は真琴から手を離し、両手をシーツの上にだらんと下ろす。真琴が両手を支えに上半身を起こすと、省吾が真琴の瞳を見上げて呟《つぶや》いた。

「さっきの続きは？」

「えっ」

省吾は真琴の右手を掴《つか》み、自分の胸に押し当てた。

「お前の好きなように触ってほしい……真琴」

低く甘い声に、真琴はごくんと唾を呑み込んだ。見下ろす省吾の顔は、何とも言えない色気を漂《ただよ》わせていた。どくどくと早鐘《はやがね》を打つ心臓の音しか聞こえなくなる。

「しょ、うごさん」

「真琴……」

——触れて、俺に。

魔力を含んだ省吾の言葉に、逆らうことが出来ず――真琴は半分ぼうっとしたまま、省吾の熱い肌に細い指先を滑らせ始めた。

再び肩から腕、そして胸元へと真琴の手が動く。省吾は目を瞑《つむ》っているが、漏《も》れる息が少しずつ荒くなっていた。

「……っ……」

指の先が乳首を掠《かす》めると、くすぐったいのか、省吾が身を震わせた。真琴は省吾の首元に顔を埋め、がっちりした首筋をぺろりと舐《な》めてみる。わずかに塩の味がするのは、汗をかいているからだろうか。

「くっ……」

省吾が真琴の首筋にしたように、真琴も鎖骨《さこつ》あたりの皮膚を強めに吸った。赤い花が咲くのを見て、何故彼があんなに痕《あと》をつけたがるのか、少し分かった気がした。

胸の奥に灯った熱い想い――この人は自分のものだという、なわばりを主張するような思いは、今まで真琴が感じたことのない感情だった。

「私とおそろいですね、省吾さん」

「……ああ」

「嬉しい……」

真琴がそう言うと、省吾が小さく呻《うめ》いた。真琴はもう一度、均整の取れた省吾の身体に手を這《は》わせた。

何をすればよいかなど、初心者の真琴には分からない。だから、省吾が自分にしたことの真似をしてみよう。

そう思った真琴は、熱い肌にキスをしながら、胸筋《きょうきん》を揉むように手を動かした。ちゅく、と音を立てて乳首を口に含むと、びくっと省吾の身体が震える。舌で舐《な》め、唇に挟んで甘噛みすれば、小さな突起は硬く膨らんだ。もう片方の乳首も人指し指と親指で挟むと、省吾が苦しそうに呻《うめ》いた。

「まこ、とっ」

顔を上げると、省吾の頬骨《ほおぼね》のあたりが赤く染まっているのが見えた。はあと漏《も》れる彼の吐息に、真琴の身体の奥がずくんと波打つ。手を胸からわき腹、そして硬く引き締まった腹部へ移動させると、また省吾が真琴の名を呼んだ。

「省吾、さん……」

二人の身体を覆《おお》っていた上掛けが、するりとベッドの下に落ちた。自然、真琴の視線は、省吾の身体の中で一番硬くなっている部分へと吸い寄せられる。真琴の目が、まん丸になった。

(こ、こんな感じなの……!?)

初めて見る、雄《おす》のシルシ。赤黒く染まったソレは、反り返るようにその存在を主張していた。真琴は、恐る恐る根元から先端へと続く、浮き上がった筋の部分に触れてみた。びくっと揺れた塊を撫ぜるように指を動かす。

「っく……!」

省吾の身体に震えが走った。大きな手が真琴の手を掴《つか》み、そのままくるりと真琴の身体を反転させる。

「真琴っ」

「省吾さ、あんんんっ！」

重ねられた唇は、さっきよりも性急だった。大きな手が真琴の膨らみを覆《おお》う。指の動きも舌の動きも、真琴がしたそれより、もっと熱くて激しかった。指を巧みに動かしながら、省吾が掠《かす》れ声で囁《ささや》く。

「お前の指……気持ち良すぎて、ダメだ」

すでにつんと尖《とが》っていた胸の木の実を親指で擦り上げられた真琴は、首を後ろに仰け反らせた。

「あっ、やあんっ」

「俺はもう、お前に囚《とら》われてる……」

どこもかしこも、ちょっと触れられただけで、全身に刺激が走る。赤い花を白い肌に咲かせていく省吾に、真琴は甘い声を上げて震えた。

「あ、あ……っ、省吾さ」

さっきのお返しとばかりに、省吾が右胸の先端を吸う。滑《なめ》らかな左の膨らみを愛おしむように揉む指は、触ってほしそうに硬くなっている先端を避けて動いていた。

「やっ……あ、あふ、ん」

じんじんと身体の奥から広がってくる熱い波。省吾の指を、唇を待ち望んでいる肌が、ほんのりとピンク色に染まる。悶《もだ》える真琴を見下ろす獣の瞳は、ぎらぎらと光っているように見えた。

「んあ、んっ……」

甘い声が、真琴の唇からぽろぽろと零れ落ちる。その一つ一つを拾い集めるように、省吾は真琴の唇を塞いだ。口の中に差し入れられた舌に誘われるまま、真琴は柔らかな舌をそれに絡めた。

粘膜と粘膜が擦れる快感。ふるっと真琴の身体が震える。唾液が混じり合う厭《いや》らしい水音に、身体の奥はますます熱く柔らかくなる。下唇を軽く噛まれた真琴は、とろんとした顔で省吾を見上げた。

省吾が一瞬息を呑む。首筋を舐《な》められ、耳たぶを唇で引っ張られた真琴は、また喘《あえ》ぎ声を上げた。

「は、あんっ……あ、ああん」

「真琴」

声だけで、全身が蕩《とろ》けてしまいそう……。甘い熱さが身体の奥から外へ流れ出ようとしている。あまりの熱さに、真琴は、はっはっと短い息を吐いた。

「お前の肌は滑《なめ》らかで柔らかくて……いつまでもこうして触っていたい」

省吾は張りのある膨らみをやわやわと揉みしだき、山のふもとから頂上に向けて指を絞るように動かした。真琴の細い腰がびくんと跳ねる。

「あ、あんっ、あ」

声を出すのはまだ恥ずかしい。顔を横に向けながら、口を押さえた真琴の手は、けれどすぐに落とされてしまった。

「ああっ、はずか、あんっ」

「お前の声が聞きたい。俺の手で乱れるお前の声が」

長い指が、白い太腿の間に滑り込んでくる。柔らかな茂みに隠された花びらを、省吾の指は難なく見つけた。

「あん、あああ、んっ、ああーっ」

人差し指が、濡れた花びらを下から上へと撫でていく。真琴の意思には関係なく、ひくひくとひだが蠢《うごめ》くのが分かる。省吾が妖艶《ようえん》に微笑んだ。

「もう十分潤《うるお》ってるな。俺を触ってる間にも感じてたか？」

指がナカに入ってきても、最初のような痛みはもうなかった。柔らかな内壁《ないへき》を擦る指の動きに、熱い蜜が滲《にじ》み出てくるのが分かる。

「ああ、こっちも可愛がらないとな」

ぐいっと敏感な花芽を押された真琴は、大きく腰をしならせた。

「あ、はん、ああああああっ！」

ぴりりと強い刺激が真琴の背中を走る。つま先がぴんと張った真琴の右ひざがぐいと立てられ、秘められた箇所が露《あら》わになった。

「ぷっくりと膨れて頭を出してるな。触って欲しいと言ってるようだ」

「ひゃ！　あ、あああんっ！」

フラッシュが焚《た》かれたように、目の前が真っ白になった。花芽への刺激は鋭くて強く、ただ擦られるだけで、熱さがどんどん腹の底へと溜まっていく。

「いい香りがする。お前の匂いだ……」

省吾の唇が、胸から腹へと移っていく。へその周りを舌で舐《な》められた後、甘く濡れた花びらに引き寄せられるように、彼の顔が茂みに埋まった。

「あああっ、やあ、んあああああっ！」

ちゅっと音を立てて花芽が吸われた。その瞬間、大きな震えが真琴の身体を襲う。

熱さが身体の中で弾け、甘い蜜がとろりと蕩《とろ》けて流れ出る。

「あ、はあんっ、や……——っ！」

収縮する肉のひだは、省吾の指を咥《くわ》え込み、もっともっとと刺激をねだっていた。もう一本指をナカに入れた省吾は、柔らかく包み込むひだを広げるように指を動かした。その間も、肉厚な舌はじゅるりと音を立てて花芽を舐《な》めていく。

「あうっ、は、ああんっ」

真琴が首を激しく横に振った。身代わりをしていた頃より少しだけ伸びた栗色の髪が、白い首筋に貼りついている。甘い刺激に何度も意識が途切れ、じわじわと焦《じ》らすような感覚に、太腿が小刻みに震えた。

——足りない。足りない。もっともっと……

真琴の願いを読み取ったのか、省吾は左膝も立たせた後、太腿を大きく割り開いた。

「あ、あああ、やっ、ああああああ——……っ……！」

指よりも熱くて太い塊が、一気に真琴の身体を貫いた。奥まで埋められた省吾の高ぶりに、ひだが嬉しそうに纏《まと》わりついていく。

さっき触った省吾が自分のナカにいる。それだけで、震えるような満足感が真琴を襲った。

「……っ、く」

省吾は歯を食いしばった。真琴の肌に当たる彼の息も、熱くて荒い。しばらくの間、省吾はそのままじっと動かず、真琴を上から見下ろしていた。

「あ、ふう、あん」

真琴の身体が省吾に馴染《なじ》んだ頃、省吾がゆっくりと腰を動かし始めた。

「あっ、ああっ、はあんっ、あああああっ」

ごつごつと最奥《さいおう》に当たる感触に、真琴のナカはすぐに反応した。省吾が肉の塊を出し入れするたびに、ねちゃりと粘着性のある音が蜜壺《みつつぼ》から聞こえる。とろみを増した蜜は、省吾自身の動きをさらに滑《なめ》らかにした。

「真琴……っ」

熱っぽい声も真琴の耳には入らない。ただ、熱い熱い彼をもっと欲しがっている自分がいることしか分からない。

真琴の想いに応じてナカがぎゅっと締まると、また省吾が呻《うめ》き声を漏《も》らした。

真琴は潤《うる》んだ目を開け、自分を見下ろす獣の顔を見た。どこか苦しそうで、でも瞳は熱っぽく輝いていて。彼と目が合うと、真琴の奥がまたずくんと熱くなった。

「しょ、ごさ、ああん」

真琴が省吾の背中に手を回すと、省吾の動きは激しさを増した。思わず背中に爪を立ててしまった真琴を、省吾は容赦なく攻め立てる。柔らかく省吾を包み込む真琴のひだも、すっかり省吾に馴《な》染《じ》んでいるのか、初めての時の痛みはもう感じなかった。

激しくされても、奥を突かれても、感じるのは、飢えに近い快楽だけ。落ちてくる汗。男の匂い。揺れるたびにぱんぱんと肉のぶつかり合う音が、真琴を耳から追い詰めていく。

「は、ああっ、ああああっ」

波に攫《さら》われる。熱くて甘い波に。次から次へと襲ってくる快楽に、真琴は易々《やすやす》と流されてしまう。奥に溜まった熱が、一気に真琴を高みへと押し上げた。

(ああ、もう、だめっ……耐えられないっ……!)

「はあ、あああんっ、はん、あああああああ――っ……」

ぷつんと真琴の意識が途切れた。ひだはぎゅっと収縮し、硬く膨らんだ省吾を甘く強く刺激する。

「っ、くっ……!」

省吾は大きく身体を震わせた後、包み込むひだの中に、熱い自らを解放した。


「ん……?」

真琴が目を開けると、部屋の中はさっきよりも明るくなっていた。しばらくぼうっとしていた真琴だったが、はっと目を見開き、上半身を起こした。

「いた……っ」

身体のあちこちが痛い。筋肉痛のようだ。

ふと辺りを見回した真琴は、ベッドヘッド部分に設置されたデジタル時計を見つけた。

「っ！　省吾さん、起きて！」

隣で眠る省吾の肩をゆさゆさと揺する。省吾はうっすらと瞳を開けた。

「ん……」

「飛行機に間に合わなくなるわ！　早く着替えないと……！」

「ああ、それなら大丈夫だ」

「きゃ！」

省吾の手が、逞《たくま》しい胸元へと真琴を抱き寄せる。

「しょ、省吾さん⁉」

ちゅ、と軽いキスをした省吾は、にやりと黒い笑みを浮かべた。

「チケットは解約しておいた」

「え⁉　だって、ハワイに行く予定だったんじゃ……」

あのショーの前、真琴の身を隠すために広海が手配していたハワイのコンドミニアム。せっかくなので、そこをハネムーン先にしようと言っていたのに？

疑問符が頭の中を飛び交う真琴の頬に、省吾は左手を当てた。

「あいつが用意したところにハネムーン？　冗談じゃない、そんなことをしたら、絶対押しかけてくるぞ、あいつら」

「あいつら……って」

「お前の兄貴に鈴音、それから瞳に誠だな」

思わぬ名前に真琴が目を丸くすると、省吾の笑みが深くなった。

「ハネムーン中もデザインを描けとせっつかれていたからな。あれは絶対押しかけてくる。お前の兄と鈴音は単なる出歯亀根性《でばがめこんじょう》だ。だが、あいつらに手を組まれると、かなりやっかいだぞ」

「あ、の？　じゃあどこに」

「決めてない。とりあえず……」

「ひゃんっ!?」

かぷりと耳たぶを甘噛みされた真琴は、くすくす笑う省吾の身体が、また熱くなっていることに気が付いた。

「三日ぐらいはここに籠《こも》ってもいいな。ああ、一応俺たちは出発したことにしてあるから」

「えっ!?」

三日!?　三日もここに籠《こも》りっきりになるの!?

真琴の全身から血の気が引いた。昨日一晩だけでこんなに疲れてるのに、三日も!?

「あ、あの省吾さんっ、私、身体がっ」

「大丈夫だ、手加減するから」

「そ、そういう問題じゃないです！　あのっ……あんんんっ！」

あっさりと真琴の抗議を封じた省吾は、そのまま二回戦目へと突入し――結局真琴が外に出ることができたのは、それからちょうど三日後のことだった。

まともに立っていられないくらい、ふらふらに疲労困憊《ひろうこんぱい》した真琴は、省吾に抱き抱えられてホテルを後にし、その後ようやくハネムーンらしき旅行へと出発することが出来たのだった。

――狼さんはお姫様を自分のねぐらへと連れて行き、王子様から隠してしまいました。そうして誰の目にも触れないよう、お姫様を自分だけの宝物にして、大切に大切に閉じ込めたのでした――

この状況は何だか、いつかの童話に似ている気がする。童話と違うのは、お姫様は王子ではなく獣の手を取り、獣のねぐらの中で甘い甘い時間を過ごすのを選んだこと。しばらくは放してもらえなさそうだけど。

（そのうち、少しずつ、ね）

兄のことを分かってもらって、図書館の仕事も再開したい。そのために、今はねぐらに籠《こも》っておこう。狼さんが安心できるように。

真琴は自分を閉じ込めた獣に向かって、甘く優しく微笑んだ。

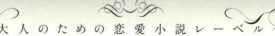

あかし瑞穂（あかしみずほ）
関西在住。本と天然石が大好きなシステム屋さん。2013年頃からWebで小説を書き始め、2015年、「私、不運なんです!?」にて出版デビューに至る。

イラスト：志島とひろ
http://th-cuddle.jimdo.com/

本書は「ムーンライトノベルズ」（http://mnlt.syosetu.com/）に掲載されていた作品を、改稿のうえ書籍化したものです。

姫君《ひめぎみ》は王子《おうじ》のフリをする

あかし瑞穂（あかしみずほ）

2017年 1月 31日初版発行

編集－仲村生葉・羽藤瞳
編集長－塙綾子
発行者－梶本雄介
発行所－株式会社アルファポリス
〒150-6005東京都渋谷区恵比寿4-20-3 恵比寿ｶﾞｰﾃﾞﾝﾌﾟﾚｲｽﾀﾜｰ5F
TEL 03-6277-1601（営業）　03-6277-1602（編集）
URL http://www.alphapolis.co.jp/
発売元－株式会社星雲社
〒112-0005東京都文京区水道1-3-30
TEL 03-3868-3275
装丁イラスト－志島とひろ
装丁デザイン－ansyyqdesign
印刷－図書印刷株式会社

価格はカバーに表示されてあります。
落丁乱丁の場合はアルファポリスまでご連絡ください。
送料は小社負担でお取り替えします。

ISBN978-4-434-22925-1 C0093